彼女の嫌いな彼女

唯川　恵

集英社文庫

彼女の嫌いな彼女　目次

1 千絵、二十三歳、OL、独身 9

2 瑞子、三十五歳、OL、独身 41

3 千絵、ディオールのブルーピンク 69

4 瑞子、サンローランのダークオレンジ 97

5 千絵、八杯目の水割り 125

6 瑞子、フルボトルワイン 155
7 千絵、ひとりのティールーム 191
8 瑞子、孤独なレストラン 219
9 ふたつのエピローグ 259
解説　藤田香織 272

彼女の嫌いな彼女

1 千絵、二十三歳、ＯＬ、独身

新宿西口にある高層ビル。

二十三階のオフィスの窓からは、空と地上の境界線がはっきりしない、いつもの風景が見える。

千絵《ちえ》は仕事の手を休めて顔を上げた。

ランチを終えたばかりで、活気を取り戻せない身体の細胞が、なかなかデスクに集中してくれない。パソコンのキーボードを叩《たた》く指はさっきからずっと止まったままだ。

眺めるというより、ただ目に映るに任せたまま、千絵は遠くに視線を飛ばしていた。

十月の風景は、まるで濁った霧がかぶされたようだ。晴れなのか曇りなのか、明るいのか翳《かげ》っているのか、どんなに目を凝《こ》らしても、果ては滲《にじ》んだ絵の具のように曖昧《あいまい》にかすんでゆく。

こんな時、ふと思う。

これはこの空の下に住む都会の人間そのものだ。時には、愛しているはしゃいでいるのか強がりなのか、健康なのか病んでいるのか、時にはのか憎んでいるのか、それさえも、はっきりしない。

そうやって曖昧で、輪郭を持たず、周りに溢《あふ》れる情報や風俗に惑わされたり、足元を掬《すく》われたり、時には拒絶しながら、誰もが笑顔を見せ、しぶとく生きる都会の生活。慣れるまでには、時間もかかる。けれど慣れてしまえば、少しの麻痺《まひ》感とともに快適に過ごせるようになる。だから、何だかんだ言いながらも都会から離れられない。

吉沢《よしざわ》千絵、二十三歳。

新潟から上京して五年。東京の短大を出て、就職難を何とか乗り越えて、総合燃料会社であるこのM物産に就職した。

千絵が所属するのは第二販売部。主にプロパンガスを全国の小売店に供給するのが仕事である。

そのとき、目の前に書類の束が差し出された。顔を上げると、木村主任が立っている。

ヒゲの濃い木村主任は、どことなく不潔感があって、今のように見下ろされる格好での会話は、ツバが落ちてこないかとハラハラする。

「これ、二時の会議に使うから二十部コピーして、第三会議室の机に置いておいて。それとお茶の用意ね」

えーっ、と思い、千絵は抵抗を込めた上目遣いで主任を見た。

五メートル離れた席には今年入社した小田ゆかりがいる。そういった雑用は本来彼女に回すべきものだ。

そんな千絵の思いを察したのか、主任は言い訳っぽく答えた。

「いや、小田くんはちょっと今、手を離せないらしくてね」

確かに小田ゆかりはデスクに向かって何やら手を動かしている。

「だから、頼むよ」

ムッとする気持ちを抑えて、千絵は書類を受け取った。

「わかりました」

こんなとき、ついひねくれた感情が湧《わ》く。

それというのも、新入社員の小田ゆかりに対して、上司や男性社員たちがどことなく特別な気遣いをしているのがわかるからだ。誰も彼女に無理強《むりじ》いしたり、横暴な態度に出ることはない。そして、そのシワ寄せはみんな千絵に回ってくる。

「可哀想じゃないか、まだ入社したばかりで慣れてないんだから」

そう思っているのだ。

そんなのは単なる甘やかしにすぎないのに。

「じゃあ頼んだよ。二時だからね、遅れないように」

主任はしつこく念を押して自分の席に戻っていった。

千絵は書類と腹立たしい気持ちを抱えて席を立った。こんな上司たちを見ていると心底「フン」と思う。

私の時とえらい待遇が違うんじゃないの。たかだかちょっと美人なくらいで。ちょっと名のあるお嬢様大学を出ているからって。

小田ゆかりのデスクを通り過ぎる時、彼女がロングストレートの髪をかき上げて、殊勝な顔つきで千絵を見た。

「吉沢先輩、ごめんなさぁい」

甘ったるく、やけに語尾を引っ張った話し方だ。

「あら、気にしないで。手が離せないんだったらしょうがないものね」

千絵は笑顔で答えた。表立ってケンカ腰になるほど、もう子供じゃない。でも、目はすばやく彼女の仕事をチェックする。

思ったとおりだ。手が離せないなんて、冗談じゃない。たかが伝票の日付印押しではないか。そんな仕事などいつだってやれる。

小田ゆかりは三十分で仕上げる仕事を一時間かけ、残業になりそうな時は必ずうまい言い訳を口にして五時にはデスクから姿を消す。有給休暇や半休は定期的に取り、男性社員をホステスのノリで扱って味方にする。いわば今時の、典型的に要領のいい新入社員だった。

千絵はゆかりから離れると、思い切り不機嫌な顔をした。言いようもない腹立たしさ。でも、誰にぶつけていいかわからない。

コピー室へ行く前に、給湯室に入った。コーヒーでも飲んで、少し気分を変えたかった。

けれどそこには先客がいた。先輩ＯＬの川原瑞子《かわはらみずこ》だ。

彼女は千絵より一回り年上の三十五歳。独身である。同じ部だが、小田ゆかりとは反対側の五メートル先の席に座っている。

「あら、吉沢さんもコーヒータイム？」

川原瑞子に言われて、千絵は肩をすくめた。

「ええ、コピーする前にちょっととと思って」

千絵は食器棚から自分のカップを取り出して、ポットからコーヒーを注いだ。

ひとりでゆっくり飲みたかったのにと、思う。先輩ＯＬというのは、いつだってどこでだって、煙ったい存在なものだ。

「それ、二時の会議のコピー？」

「はい」

答えて、千絵はカップを口に運んだ。

「そう、ご苦労さま」

川原さんは壁によりかかってほほ笑んだ。

いつになく優しい言葉をかけられて、千絵はつい言いたくなった。

「川原さん、聞いてくれます」

「何？」

「本当はこういった仕事って、いちばん若い小田さんがするべきだと思うんですよね。なのに彼女ったら、手が離せないって、みんなこっちに回してくるんです。でも、その仕事って伝票の日付印押しなんですよ。小田さん、逃げるのうまいんだから。いい加減、頭にきちゃう」

ここまで言うと、ついでにもっと言いたくなった。

「最近の若い子って、みんなああなのかしら。要領ばっかりよくて、自分から進んでやろうという気なんかサラサラないんだから。この間だって来客のお茶いれ、私が言うまで席を立とうとしないんだもの。気がつかないんじゃないんです、気がつかないフリをしてるんです」

川原さんは頰《ほお》にうっすら笑みを浮かべた。

「朝だって、九時ぎりぎりの出勤だし、お昼も一時過ぎても堂々とお化粧直しなんかしてるし、まったく、呆《あき》れちゃう」

川原さんはカラになったカップを自分で洗って、水切りカゴの中に伏せた。それから千絵を振り向いた。

「あなたもこれで、少しは私の苦労もわかったでしょう」

「え……？」

「じゃあ、お先に」

川原さんは給湯室から出ていった。

その意味がわかるまで、しばらく時間がかかった。つまり、川原さんは皮肉を言ったのだ。千絵も小田ゆかりと同じように要領がよくていい加減なＯＬだと。

千絵はムッとしてコーヒーを飲み干した。

だから、年をくったＯＬはイヤなのだ。優しい顔をしておいて、必ずチクッと針を刺す。根性がひねくれている。あんなことなど言わなければよかった。もう、絶対、言わない。

やがて千絵もまた給湯室を出て、コピー室に入った。

書類をセットして、スタートボタンを押す。低い唸《うな》り声とともに機械が作動し始める。

千絵はぼんやり壁を見つめる。

「あーあ、面倒だなぁ……」

ふっと言葉が口をついた。

そう、何もかもが面倒だと思う。上司の言いつけも、後輩の要領のよさも、先輩の皮肉も、コピー取りも、早い話、今の状態の何もかも。

本音を言えば、会社なんか辞めてしまいたかった。早くいい男をつかまえて、寿退社をしてしまいたかった。

世の中には、仕事にやりがいを感じている女性がたくさんいて、女性雑誌では必ずそういった特集が組まれている。

けれども、自分は違う。仕事に生きられるようなタイプじゃない。仕事はただ仕方なく続けているだけだ。お金のため、ヒマつぶしのため、田舎《いなか》の両親や世間体のため、結局はそういったものでしかない。

入社したときは、それなりの夢を持っていた。

でも今は、そんなことを考えていた自分がいたなんてことすら忘れてしまった。三年たった今、先は見えている。川原さんのような総合職と違って、所詮《しょせん》は事務職だ。出世なんか関係ない。重要な仕事も回ってこない。あと三年たっても大して今とは違わない仕事をしているだろう。コピー取り、お茶くみ、伝票をまとめて、パソコンのキーを叩いて、上司のハンコをもらう。

そのうえ、小田ゆかりのような生意気な後輩ＯＬが次から次と入社してくる。川原さんのような煩《わずら》わしい先輩ＯＬ（陰ではしっかりお局《つぼね》さまと呼ばれている）はなかなか消えてくれない。そしてやがては嫁《ゆ》き遅れのただの年をくったＯＬになる。そんなのは考えただけで身震いしそうになった。

この会社が自分の居場所だとはとうてい思えなかった。デスクの椅子に座っていても、いつもお尻が半分落ちかけているような不安定さを感じてしまう。

だったら、思い切って辞めてしまえばいいのかもしれない。他にもっとやりがいを感じられる仕事を探せばいいのかもしれない。

でも、いったい自分は何をしたいのだろう。どんな仕事に向いているのだろう。

正直言って、それがわからない。そして、わからないものをどれだけ考えても、結局は無駄でしかないような気になって、気力もどんどん萎《な》えてゆく。

近ごろ、結婚したい、とよく思うようになった。

人は「まだ二十三歳じゃない」と言うけれど、数年もすれば「もう、いい歳じゃない」と言われるようになる。こんな毎日を送っていたら、数年なんて、あっという間にやってくる。

結婚さえすれば、今、自分が抱えている不満も不安もすべてが解決されるような気がする。主婦業や子育てだって、考え方によってはものすごくやりがいの持てる仕事ではないか。昔は、結婚ばかり口にするような女性を軽蔑《けいべつ》していたこともあった。けれど今は、安定した生活に憧《あこが》れている。

誰にも気兼ねすることのない毎日。ああ、どんなに自由で気楽に過ごせるだろう。

そんなことを考えていると、やっぱり結婚しかないような気になってきた。

いつの間にか、一枚目のコピーが終わっていた。千絵は慌てて二枚目をセットした。

「結婚かぁ……」

口に出すと、現実的なことではありながら、まったく手の届かないことのような気がした。

そこには、ひとりの男とつなげてしまう自分がいるからだ。

加納司《かのうつかさ》。

恋人、と呼ぶには少し恋が足りない。けれど友人と呼ぶには濃すぎる関係だった。

彼と知り合って一年が過ぎていた。

司は仲間たち二十人ばかりで劇団をやっている。東京に家があるにもかかわらず、ほとんど勘当同然で、アルバイトをしながら、劇団の事務所として借りているアパートに仲間たちと共同で暮らしていた。

司はいつもふらりと現れ、千絵の作った食事を食べ、千絵が沸かした風呂に入り、千絵が整えたベッドで千絵を抱く。そしてまた、ふらりとどこかに行ってしまう。

最後に会ってからもう半月、司からは何の連絡もなかった。

いったい、司は私のことをどう考えているのだろう。ただの都合のいい女。それともいちばんの理解者。でも、千絵にとってはひどく不都合な男であり、いちばん理解しがたい男だった。

コピーが出来上がった。

すぐにデスクに戻って、枚数をまとめてホッチキスで留め、会議室に並べなければならない。

そしてお茶の用意。会議が済めば後片付け。雑用が続く。でもやるしかない。どうせ小田ゆかりはまたうまい言い訳で逃げてしまうにちがいないのだから。


ひとりぶんの夕食を作るのが面倒で、千絵は帰りに近くのコンビニに寄り、惣菜《そうざい》を買ってきた。

自宅に戻ると、まずは缶ビールを開けて喉《のど》に流し込む。思わず、ふうっと大きく息を吐き出す。こんなとき、自分がオヤジになってしまったとつくづく思う。

ひとりの食卓に手間ヒマかける気持ちにはなれなかった。誰かのために、という大義名分がなければ、キッチンに立つ気力も湧かない。

味気ない食事を終えて、お風呂に入り、髪を乾かし、美容液を塗って、テレビでドラマとニュースを観て、十二時近くに、そろそろベッドにもぐり込もうとした。

そのときだった。不意にドアのチャイムが鳴り出した。

千絵はハッと顔を上げた。

こんな時間に訪ねてくる人、それは千絵の知っている人間ではたったひとりしかいない。

司だ、司に決まっている。

でも、千絵はすぐにはドアに近づこうとはしなかった。部屋の中で座ったまま、しばらくドアの向こうの司に目を凝らし続けた。

千絵は腹を立てていた。半月も何の連絡もよこさない司。現れるときも去ってゆくときもいつも突然の司。千絵の都合も気持ちもおかまいなしで自分の思うままに振る舞う司。

この半月の間に、千絵は何度も自分に言い聞かせた。

今度、司が来ることがあったら、部屋には絶対に入れない。冷たく突き放す。時には、締め出すぐらいの強気でいなければ、司をつけあがらせてしまうだけだ。

チャイムは鳴り続けた。

千絵は出ない。

それはやがてノックに変わった。

「俺だよ、千絵、いないのか」

司が声をかける。

でも、千絵は返事をしない。

ノックは何度か続いたが、やがて諦《あきら》めたらしく、司が廊下を戻ってゆく足音が聞こえた。

千絵は小さく呟《つぶや》いた。

「これでいいのよ。たまには司も、自分の思うとおりにはならないってことを思い知るべきなのよ」

けれど、司の足音が聞こえなくなると、千絵はひどく落ち着きをなくしていた。

今から司はどこに行くつもりだろう。劇団の事務所に戻るのだろうか。それとも誰か友達の所にでも転がり込むのだろうか。そろそろ電車も終わりだ。間に合わなかったらどうするつもりだろう……まさか、別の女の子の所になんて……

その瞬間、千絵は立ち上がって玄関に向かい、鍵を開けていた。もう司の姿は見えない。サンダルをひっかけて、廊下を走る、階段を駆け下りる。

通りに出ると、街灯に照らしだされた司の後ろ姿が見えた。

千絵は追いかけ、名を呼んだ。

「司」

司が足を止め、振り返った。

追いついた時には、息が上がって肩が大きく上下した。

「何だ、いたのか」

司は別段驚くでもなく言った。

「うん」

「チャイム、聞こえなかったのか」

「聞こえた」

「何で、すぐに開けないのさ」

千絵は息を整えた。いい機会だ。これをきっかけにして言ってしまえばいい、胸にたまったわだかまりを全部吐き出してしまえばいい。

けれど司は、千絵の表情を見ると、急におどけた調子で「ああ、腹がへった」とさっさとアパートに向かって歩き出していた。

「ちょっと、司」

背後から名を呼んだ。

「私、司に言いたいことがあるの」

今しか言えないような気がした。そうだ、今言わなきゃダメだ。

司は振り向き、笑った。

「それよりか、おまえさ、自分の格好わかってんの？」

「え？」

そのときになって初めて気づいた。そう、パジャマ姿のままで飛び出してきたのだ。

「あ……」

「早く、部屋に戻らないと、誰かに見られるんじゃないかな」

「やだ」

千絵は司を残し、来た時よりダッシュしてアパートに戻った。

まったく、司ははぐらかすのがうまい。今も、千絵が何を言い出そうとしているのか察知したにちがいない。

司は少し遅れて部屋に入ってきた。そのまままっすぐ冷蔵庫に向かってドアを開け、缶ビールを取り出す。それから当然のように、狭い部屋の中の、テレビがよく見えるいちばんいい席に腰を下ろした。ぷしゅっとプルリングを引く音がした。

その隣りに、千絵はきちんと正座した。

「司、あのね」

「悪いけどさ、何か食べるものある？」

「え……」

「腹へってんだ。朝におにぎり一個食べたきりでさ」

「何にもないよ」

「がっくり」

さすがに役者だけあって、表現がうまい。

「だって、来るなんて思ってなかったんだもの」

「死にそう」

「よく言う」

と、口では言いながら、ついぽろりと漏らした。

「ピザでも取る？」

司は顔を笑みでいっぱいにした。

「おお、感激。そうしてくれる？」

その顔を見たとたん、はめられたような気になって後悔したがもう遅い。千絵は宅配ピザ屋に電話した。そのピザが届けられるまでの三十分の間に、今度こそ言ってやろうと思った。

「あのね、司」

すると、司が千絵の言葉にかぶせるように言った。

「あのさ、俺、今すごくいい芝居を作ってるんだ。これは絶対、当たる。自信がある。ホンもいいし、配役もそれぞれはまってて、みんなもやる気マンマンなんだ。俺としても、絶対に公演までこぎつけたいと思ってるんだ」

「司、話があるの」

「けど、問題もあるんだよな」

司が声のトーンを落とした。

「劇場だよ。俺たちの資金で借りられる劇場なんてちっぽけなものだろう、それじゃ、よさが伝えられないんだよ」

「あの……」

「何とかできないかってあちこち走り回ってるんだけど、どこも高くてさ。参るよ、まったく」

「…………」

「どこかに、気前のいいスポンサーでもいないかなぁ」

千絵はぶすっとして言った。

「スポンサーがつくと、自由な表現ができなくなるって言ってたじゃない」

「だから、口出ししないスポンサーだよ。俺たちの芝居に理解を示してくれる。ああ、そんなのいないかなぁ」

司と出会うまで、演劇のことは何ひとつ知らなかった。どんな小さなスペースでも、芝居をうてばそれで儲《もう》かるものだと考えていた。けれど、チケットなど売れるはずもなく、ほとんどは劇団員たちの持ち出しだった。その他にも、稽古場《けいこば》の確保から、衣裳《いしょう》、器材のレンタル、ポスター代まで、お金のかかることばかりだ。そのために誰もがアルバイトに精を出し、そのためだけに使っていた。司ももちろんそのひとりだ。実際は公演するのも難しい。儲かるなんて、夢のまた夢だ。

大変なのはわからないでもない。夢を追いたい気持ちもわからないわけじゃない。けれど今は、そんな話をしたいんじゃない。千絵がこの半月、胸にためていたことは、まだ何ひとつ話してない。

「あのね、司」

「あ、風呂に入っていい？」

ふいに司が立ち上がった。

拍子抜けしたように千絵が見上げる。

「ピザが来るまでに上がるから」

「お湯、自分で入れて」

「シャワーにするからいい」

司は恥ずかしがる様子もなく、千絵の目の前で着ているものを脱ぎ、トランクス一枚でバスルームに入っていった。

しばらくぼんやりしていたが、シャワーの音が聞こえると、千絵は諦めみたいな気持ちになって、脱ぎ捨てられたダンガリーシャツやジーパンをたたみ始めた。放っておけばいいのだろうが、司は服はたたむものだという習性がなく、千絵が何もしなければ朝までこのままにしておく。帰りはくしゃくしゃのまま着ていく。司がくしゃくしゃのを着るのはいいが、この狭い部屋では邪魔になるだけだ。何だか司の思いどおりに事が運んでいるみたいで悔しかった。けれど、やはりそのまま放り出してはおけないのだった。

その時、ポケットからきれいにアイロンの当てられたハンカチが出てきた。あれ、と思った。司がアイロンなんかかけるはずがない。次にやっぱり、と思った。やっぱり司には、千絵だけでなく、他にもこんなことをしてくれる女がいる。

けれど千絵はふっきるようにハンカチをシャツのポケットに突っ込み、それらをたたんで部屋の隅に置いた。代わりに、チェストの引出しから洗ったトランクスとパジャマを取り出した。それらを新しいバスタオルと一緒に、洗面台の上に置き、洗濯物はカゴの中に放りこんだ。

シャワーの音が聞こえてくる。司は呑気《のんき》に鼻歌などを歌っている。

司のためにこうして用意する下着やパジャマ。それに対して、好きな男の面倒をみる女の喜びのようなものを感じたときも確かにあった。女は世話したい生き物だ。この人には私がいなければ、という思いがエネルギーになる。実際、司と知り合ってから、毎日が楽しくて仕方なかった。会社の仕事も張り切ってやっていた。

でも今は、やりきれなさのほうが多い。自分をバカだと思う。半月も音沙汰《おとさた》のない男のために、他にも女がいるかもしれない男のために、こんなことをしている自分は典型的に都合のいい女だ。

一年前、司と出会ったのは、友達との約束がキャンセルになって、ひとりで時間をつぶさなければならなくなった時に、ほんの気紛《きまぐ》れに入った渋谷の地下にある小さなライブスペースだった。

何を上演していたのか、ほとんど覚えていない。あまり面白いとも思えなかった。とにかく役者たちが早口で、舞台の上をまるでスポーツのように走り回っていた。

客はまばらだった。というより、ほとんどいなくて、数えたら、きっと出演者より少ないくらいだったろう。

帰りぎわ、階段のところで呼び止められた。

それが司だった。

「あの、うちの芝居、初めてですよね」

「ええ、まあ」

千絵は戸惑いながら答えた。彼が、舞台の上でいちばん走り回っていた役者だということは、すぐにはわからなかった。

「率直な感想を聞かせてもらえませんか?」

「でも、私なんかお芝居のことは何にもわからないし」

「いいんです。ぜんぜん構いません。いや、むしろそのほうがいいんです。そういう先入観のない気持ちを聞かせてほしいんです」

千絵は困った。けれど、司はせっかちに言葉を続けた。

「十分間、待っててくれませんか。俺、後を頼んですぐに戻ってきますから」

司は千絵の返事も待たずに楽屋口へと走っていた。

帰ってしまおうと思えば、帰ってしまえたはずだった。感想など求められても答えられない。芝居が好きというわけじゃない。たまたま、時間つぶしに入っただけだ。芝居のことは何も知らないし、特に今日の芝居はさっぱりわからなかった。

それでも待っていたのはなぜだろう。たぶん、司の額からこぼれ落ちる汗のせいだ。汗をかいて何かする、というようなことなどすっかり忘れていた。手の甲で飾りけのない仕草で汗を拭《ぬぐ》う司が、千絵には眩《まぶ》しく見えた。

それに、正直なところをもうひとつ付け加えれば、さすがに役者をしているだけあって、司はハンサムだった。

そう、司は確かにいい男だと思う。均整のとれた身体つきも、小さい顔の切れ長の目も、形のいい唇も。何よりも声がいい。少し低くてよく通る司の声は、相手に言葉数を少なくさせるほど心地よい響きを持っていた。

その日、とてつもなく汚い飲み屋に連れていかれた。話を聞きたいと言ったくせに、司はその心地よい声で、芝居のことを語り続けた。もうすっかり忘れかけていた、情熱とか、熱意とか、夢とか、才能とか、そういったものが酎ハイと一緒に、千絵を酔わせていた。終電車の時刻が迫っていた。帰りたくない、と思った。

そうして、千絵は瞬《また》く間に司を好きになっていた。

あれから一年、そう、もう一年が過ぎてしまったのだ。

その間に、千絵は二十三歳になり、司は二十五歳になった。

ドアのチャイムが鳴った。ピザが届いたようだ。

しばらくして司がシャワーから出てきた。肩にかけたタオルで髪を拭《ふ》きながら、冷蔵庫から二本目の缶ビールを取り出した。

「おっ、うまそうな匂い」

司はまるで子供のように目を輝かせて、テーブルの前に座り、ピザの箱からひときれ口に放りこんだ。

「千絵は食べないの？」

「夕ご飯を食べたし、寝る前にそんなカロリーの高いの食べたら太るでしょ」

司はピザを頬張りながら、千絵の姿をじっくりと眺めた。

「太ったっていいじゃないか。俺、どちらかというと、ポッチャリタイプが好きなんだ。

最近の女の子って、みんな異常に思えるくらい痩《や》せてるだろ。あれって、どう見ても貧相だよな」

「いいの、私は別に他人の好みに合わせるつもりはないから」

精一杯の皮肉を言ったつもりなのに、司にはまるで通じなかったらしい。

「ちゃんと食わなきゃダメだぞ」

「だったら、今度、食事に連れてってよ」

すかさず言った。

「いいよ」

「ほんと？　じゃあこの間、西麻布に素敵なレストランを見つけたの。会社の女の子と一緒に行ったんだけど、パスタがおいしいし、値段も大して高くないの。そこにどう？」

司はピザのチーズの糸を長く引っ張っている。

「ふうん」

「いつならいい？」

「いつと言われてもなぁ」

「司の都合のいい日に合わせる。会社の帰りにどこかで待ち合わせて行こうよ。たまにはいいじゃない、そういうデートも。ずっとしたことなかったし」

「まあ、悪くはないけど、今回はパス」

素っ気なく、司が答えた。

千絵は黙った。いつものことだった。いつも初めは気安く返事をしておきながら、それを守ったためしはない。

「そんな肩が凝るようなとこで食ってもちっともうまくないだろう。だったら俺は、ここで千絵の手料理を食ってるほうがよっぽどいい。そっちのほうがうまいもん」

これが半年前だったら、千絵はその言葉に感激していたにちがいない。手料理を誉《ほ》められるのは女の自尊心をとてもくすぐられるものだ。

でも、今は違う。問題はおいしい、まずいではない。千絵のために何をしてくれるか、時間を割《さ》き、都合を合わせ、千絵を喜ばせてくれるか、そこにある。恋人同士なら、少しぐらい自分を犠牲にしても、相手の喜ぶ顔が見たいというのが当然だろう。どちらかがいつも我慢しなければならないなんて不公平だ。とてつもないわがままを言うつもりはない。ただ、千絵も時には、司とどこにでもいる恋人同士がするありきたりのデートがしたかった。

「俺、ロールキャベツがいいな。千絵の作ったのおいしいだろ。あれ食いたいな、うん、すごく食いたい」

司はまるで子供のようにはしゃいだ声を上げた。それは少し芝居がかっていた。司はまうのだ。

いつもこんな調子だった。分《ぶ》が悪くなると、得意の演技と饒舌《じょうぜつ》で相手を煙に巻いてし

「おだてたって、ダメよ」

「本当だってば。どこの洋食屋に出しても通るって。明日、作ってくれよ。俺、七時ごろには帰ってこられると思うんだ。ああ食いたい。考え出したら、死ぬほど食いたくなってきた」

いつもの芝居めいた言い方とわかっていながら、つい千絵は笑っていた。笑ってしまえば、千絵の負けだった。

さっきまで抱えていた怒りは、砂のようにさらさらと崩れていた。

何て呆気《あっけ》ないのだろうと、自分に呆れながらも、千絵はどこかで、最初からそうなることがわかっていたような気がした。そしてたぶん、自分では認めたくないけれど、早くそうなってもらいたいとも思っていたにちがいなかった。

千絵はため息まじりに頷《うなず》いた。

「わかった、明日、作っておく」

司は満足そうに笑って、最後のピザを口の中に押し込んだ。

今夜は、半月ぶりにシングルベッドで窮屈に眠らなければならない。

けれど、それはどんなに窮屈でも、ひとりよりもずっと幸福な夜だった。

翌日、千絵は両手にマーケットの袋を抱えて帰ってきた。料理を作るのは久しぶりだった。なんだかんだ言いながらも、やっぱり楽しい。キャベツや挽《ひ》き肉を選ぶことにさえ、気持ちが弾んだ。

アパートに戻ると、着替えるのももどかしく千絵はキッチンに立った。七時には司がやってくる。すぐテーブルに用意できるよう急がなければならない。ロールキャベツは煮込みに時間がかかる。

大ぶりのキャベツは瑞々《みずみず》しかった。葉を破ることのないよう、芯《しん》に慎重に包丁を入れると、吸い込まれるようにさくりと気持ちいい音がした。湯がいて、葉を一枚一枚丁寧にはずし、味付けしてこねた挽き肉をくるんでゆく。それを今度はキャセロールでゆっくりと煮込む。

そのほかにもアスパラのサラダを作るつもりだった。それからバゲットと白ワイン。グラスも用意しなくてはならない。時間までにすることはたくさんあった。

半分ほど進んだころ、電話が鳴りだした。

千絵はエプロンで手を拭きながらそれを手にした。

「あ、俺」

司だ。

千絵は弾んだ声で答えた。

「もうすぐできるよ。司はコンソメよりトマト味のほうが好きだからそれにしたの。それも缶詰のトマトじゃなくて、本物のトマトで煮込んでるから本格的よ。あと三十分くらいで出来上がるから」

「それがさ、行けなくなったんだ」

いとも簡単に司は言った。

「え……」

千絵の顔から表情が消えた。

「急に、劇団の奴らと飲みに行くことになった」

「少しぐらい、遅くなってもいいけど」

「いや、たぶんとことんになるから。だから、また今度」

今度って？　と聞こうとした時、電話の向こうで司を呼ぶ声がした。

司はさっさと話を締め括《くく》った。

「ごめん、この埋め合わせはいつかするよ。じゃあ、ま、そういうことだから」

電話を置いて、キッチンを振り向いた。鍋《なべ》から湯気が上がっているのを見ると、急に怒りが湧き起こった。

何て身勝手なのだろう。昨夜、ロールキャベツが食べたいと言ったのは司ではないか。

だから手間ヒマかけて作ったのに、たった一本の電話で、それも仲間との飲み会で、いとも簡単にキャンセルするとはどういう性格をしているのだろう。

　蓋《ふた》を開けると、ロールキャベツがほどよく煮込まれていた。千絵はしばらくそれを見下ろし、鍋を手にした。捨ててやる、と思った。こんなもの、もう必要はない。

　自分は何てバカなんだろう。司の言うことなんていつもアテにならない。こんなことなどしょっちゅうだ。今まで、何度すっぽかされたことか。いったい何度、繰り返せば諦めがつくのだろう。

　千絵はゴミ箱を開けて、ロールキャベツを放りこもうとした。

　でも……やめた。

　これには高い材料費がかかっている。司の態度は許しがたいけれど、捨ててしまうにはあまりにもったいない。

　やはりテレビドラマのようなわけにはいかない。豪華な食事をためらいもなく捨てるのは財布の中身との葛藤《かっとう》でもある。

　千絵は鍋を元に戻した。そして、捨ててしまえなかった自分の情けなさにうんざりしながら、形が崩れないよう丁寧にタッパーに詰めてゆく。サラダは器ごとラップをし、ワインと一緒に冷蔵庫の中に入れ、グラスやミート皿を食器棚に戻した。使った鍋や包丁はきれいに洗い、キッチンを何もなかったかのようにスッキリさせた。

そして、コンビニに夕食の惣菜を買いに出掛けた。

時期はずれの入社があったのは、それから三日後のことだ。

千絵の部署を統括している須崎部長が、朝礼でその新しい社員を紹介した。

「このたび、うちの第二販売部に入ることになった冴木行彦《さえきゆきひこ》くんだ。ロサンジェルスを主として海外生活も長く、国際的な視野からも、わが第二販売部に新風を吹き込んでくれると期待している……」

前に立つ男性社員の肩ごしに、千絵は冴木行彦を眺めた。

プレスの利いたスーツは、色は紺とオーソドックスだが、仕立てがソフトな感じになっていてとても垢抜《あかぬ》けている。ネクタイの抑えた色合いも、彼のセンスのよさを物語っている。

久々のヒットだ、と千絵は思った。

うちの部にも若い男性社員はいるが、恋心を抱くような対象からは程遠いタイプの男ばかりだ。もちろん、外見ばかりで男を判断するほども子供じみてはいないつもりだが、外見以外を見つめれば、もっと心はときめかなかった。

冴木の印象はよかった。浅黒い顔と白い歯には、典型的なスポーツマンの爽《さわ》やかさが感じられた。そしてそれが決して嫌味でなく、冴木行彦によく似合っている。

悪くない。どころか、すごくいい。

「よろしくお願いします」

と頭を下げる冴木は、十分に千絵の五感を刺激していた。

その日の帰り、ロッカー室はちょっとした盛り上がりを見せていた。

すでに話を聞きつけた他の部署の女の子たちの間でも、冴木の話でもちきりだった。

「いいわねえ、あんな素敵な人が入ってくるなんて。ロス帰りですって？　うちなんかオヤジばっかりでウンザリ」

同期入社で仲良くしている人事部の伊東恭子《きようこ》が、さも羨《うらや》ましそうに言った。

「うちだって、今までは似たようなものよ」

「うちにも新しい男入ってこないかなぁ、彼みたいなかっこいいエリート社員。そしたら、お茶くみにもリキが入るのに」

恭子は首すじにシュッとコロンを吹きかけた。

「そうよね、いい男がひとりもいない会社なんて、何のためにOLやってるのかわかんない」

「恋愛相手なら見栄《みば》えがいいのがいいし、結婚相手なら将来性よね。でも、彼はその両方を満たしてるわけでしょう。そうそういないわよ、そんな男。それにベッドのほうも外国仕込みで期待できそう」

「そこまで言うか」

「当然じゃん。どんなに条件の揃《そろ》った男でも、ベッドで退屈なのは勘弁してほしい」

　ふたりは声を上げて笑った。ちょっとしたワイ談はロッカー室みたいな場所でこそ盛り上がる。

　そのとき、突き当たりのロッカーで化粧直しをしている川原さんと目が合った。完璧《かんぺき》にうるさいという目だ。

　千絵は恭子を肘《ひじ》でつつき、声をひそめた。

「先輩が睨《にら》んでる」

「あらら……」

　恭子も首をすくめ、小声で尋ねた。

「ね、彼のこと狙《ねら》う？」

「どうかなぁ」

「何よ、その言い方」

「確かに悪くはないけど、狙うとかそこまでは」

「あーら、余裕の発言じゃない」

「ま、ゆっくり観察する」

などと、千絵はさらりと答えながらも、内心は違うことを考えていた。

悪くない。どころか、もし冴木みたいなエリートをつかまえて、寿退社となれば、これこそOLの花道ではないか。

来週、彼の歓迎会が行なわれることになっている。何を着てゆこう。どう目立とう。第一印象は大切だ。美容院に行っておこうか。新しい口紅を買おうか。

すでに、頭の中ではそんなことを考えている。

それだけで、司への怒りも少しは薄らいでいた。

2　瑞子、三十五歳、ＯＬ、独身

ロッカーの鏡の中で、瑞子は顔をしかめた。

このうるささときたら、何とかならないものだろうか。これじゃまるで下校時の女子高生の群れの中に迷いこんでしまったと同じだ。

それは五時半ごろのロッカー室ではいつものことだったが、今日は特に、年下のＯＬたちの嬌声《きょうせい》で埋め尽くされている。

どうやら、入社してきた冴木行彦のことで盛り上がっているらしい。

瑞子はファンデーションで鼻を押さえながら、彼を思い出した。

確かにハンサムだし、物腰もソフトで、礼儀も心得ている。そのうえ、海外帰りときている。この不況の中での中途入社となれば、頭も相当切れるのだろう。ＯＬの興味を引きつけるのに十分な条件を整えている。正直言えば、ちょっとばかり瑞子も興味がないわけではない。

けれども、だからと言って、場所もわきまえず騒ぎたてるのには呆れてしまう。そんなにお喋《しゃべ》りがしたいのなら、とっとと着替えて喫茶店にでも行けばいい。

たまりかねて、非難の目を向けた。

別段、誰かに、というわけではなかったのだが、ふっと吉沢千絵と目が合った。ちょうど一回り年下の千絵は、瑞子の目を見ると大げさに首をすくめて、彼女の友人らしいOLを肘でつっついた。するとそのOLも瑞子を振り向き、ちょっと眉を寄せて千絵と何やら耳打ちし合った。

もちろん聞こえはしないが、言っていることはだいたいわかっている。

『いやね、年くった女って。すぐヒステリーを起こすんだから』

自分たちがいかに迷惑をかけているかなんて、彼女たちの考えの中にはカケラもない。いつだって、非難されるのは年上の女と決まっている。

この間、給湯室で千絵が新入社員の小田ゆかりに対しての不満を言っていたが、瑞子にしてみればふたりとも似たりよったりだ。要領がよくて、仕事と真剣に取り組む気がなくて、頭の中にあるのは、ファッションと芸能人と恋愛のことだけ。

衝突は避けたいから、いつもはまともに相手にならず、できるだけ聞き流すようにしているが、あのときはあまりに馬鹿馬鹿しくてつい皮肉ってしまった。でも本当は、あれくらいじゃ、まだまだ足りなかった。

若いＯＬたちと、友好的な関係を結ぼうなんていう考えはもうずっと前に放棄していた。

なまじっか、好かれる先輩になりたいと思うからストレスがたまるのだ。

話のわかる先輩にも、頼りになる先輩にもなりたくなかった。それなら、恐れられる先輩のほうがずっとよかった。

彼女たちに向ける気遣いなんてものは、結局、甘く見られるだけだ。すぐ図に乗って、結局は自分たちの好き勝手に振る舞うようになる。いい先輩など、損をしたって得になることはひとつもない。馬鹿馬鹿しいだけだ。

もちろん瑞子も最初からそんなふうに思っていたわけではなかった。できるだけ慕《した》われる先輩になりたいと努力したこともあった。

でも、早い話、無駄だった。どんなにいい先輩になろうとしても、年下ＯＬたちにとって、瑞子は結局、嫁き遅れの年をくったオバサンでしかない。そのことは、彼女らとの毎日の小さなやり取りの中で、思い知らされてきた。

だから、いい先輩なんてやめた。かかわらないこと、無関心でいること。見ざる聞かざる言わざる、というやつだ。結局、それがいちばんだ。それがこの十三年のＯＬ生活で得た、瑞子の知恵のようなものだった。

それでも、こうして時々、まだ彼女らに神経を逆撫《さかな》でされる自分がいてイヤになる。早く、彼女たちの存在が会社の備品のように、彼女たちの嬌声が社内に流れるＢＧＭのように感じられるようになりたかった。

そのとき、すぐそばで着替えていた資料部の柴野真弓《しばのまゆみ》が声をかけてきた。

「ねえ、入社してきた冴木さんって、よほど人気があるのね。大変な騒ぎじゃない」

「ええ、そうみたいですね」

瑞子は愛想笑いを浮かべながら、適当に相槌《あいづち》を打った。

柴野真弓はそろそろ四十の半ばを迎えようとしている。彼女も独身である。雰囲気が以前に観た映画『ミザリー』の女主人公にどことなく似ていた。

「うちの女の子たちも、朝からずっとあの調子なの。そっちに覗《のぞ》きに行ったりして、仕事にてんで身が入らないんだから、困ったもんだわ」

「本当に」

瑞子は苦笑を返した。

「でも、どんな男が入社してこようと、私たちぐらいになったら、全然気にならなくなるわね」

彼女の言葉に、瑞子は思わず返事に詰まってブラウスのボタンをかける手を止めた。

「今のうちだけよ、あんなにキャアキャア騒げるの。いつか私たちみたいに、どんな男を見ても、醒《さ》めた気分が先に立っちゃうようになるの」

「はぁ」

曖昧な返事をした。

「じゃあ、お先にね」

柴野真弓は着替えを済ませ、ロッカー室を出ていった。

「お疲れさま……」

と声をかけたものの、瑞子は内心、憤慨していた。

私たち、だなんて冗談じゃない。彼女とは十歳近くも年が離れている。いくら何でも一緒にされちゃたまらない。

確かに、騒いでいるＯＬたちとはもう馴染《なじ》めない。けれども柴野真弓のように男に興味がなくなってしまったわけじゃない。私はまだ十分に女だ。恋愛だって捨てていない。まったく意味が違う。

そのとき、ふっと思った。

でももしかしたら、そんなことを考えているのは自分だけで、千絵たちのような年下ＯＬからは、私なんて柴野真弓と一括《ひとくく》りの存在なのかもしれない。

それを思うと、急に震えがきた。

……やめてよ、冗談じゃないわ。

瑞子は口の中で呟くと、今の考えを振り切るように、急いで着替えを済ませた。そのままの気分で会社を出た。何だかやけに憂鬱《ゆううつ》になっていた。

川原瑞子、三十五歳。

東京の女子大を出て、総合職として入社十三年目。仕事はどのOLたちよりも、いや男性社員たちよりも責任を持ってやっている。任されている中には重要な仕事も数多い。けれどそんなことは若いOLたちにとって価値にはならない。すべての評価は若さと恋愛、結婚で決まるのだ。そしてそんな思いを持っているのは若いOLだけでなく、男性社員や上司たちもそうにちがいなかった。面と向かって口にすれば、セクハラになると思って何も言わないが、男同士の飲み会などでは、瑞子が酒の肴《さかな》にされているらしいことは知っていた。

瑞子だってモテなかったわけじゃない。理想が高すぎたわけでもない。二十代のころは結婚を申し込まれたこともある。ただ、自分自身が結婚したいと思えるような相手に巡り会えなかった。ただ、それだけのことであって、これからだって可能性は十分にあると信じている。

だいたい、独身であることが誰に迷惑かけているわけじゃない。他人のことなど、ほっといてもらいたい。関係ない。

なのに、どうしてこんなに追い詰められた気分になるのだろう。

振り向くと、何本もの高層ビルが建ち並び、そこからぞろぞろと人間が這《は》い出てくるのが見えた。その様子は、ずっと前にテレビのドキュメンタリーで観たアフリカの巨大な白蟻《しろあり》の巣のように感じられた。

せっせと働いて、会社に利益をもたらす。わずかなご褒美に満足して忠誠を誓うサラリーマンたち。不況とリストラの嵐に足元を掬《すく》われそうになりながらも、会社を信じて自分を捧《ささ》げる。そんなサラリーマンたちは、働き蟻よりもっと健気《けなげ》な生き物だ。

瑞子は腕時計を覗き込んだ。

六時、少し前。

今夜は大学時代から仲のいい美和子と食事をする約束になっていた。この予定が入っていてよかった、彼女とお喋りをすれば少しは気分も晴れるだろう。

待ち合わせの時間まで三十分ほどあり、瑞子は新宿駅東口に出て、デパートに入った。寄っていきたいブティックがあった。頼んでおいたパンツスーツが入っているはずだ。ついでにシンプルなワンピースの下見もしておきたかった。バッグも新しいのが欲しい。できたらブーツも。

ストレスの解消が、飲んで騒ぐことでも、スポーツクラブで汗を流すことでもなく、買い物になったのは、いつごろからだろう。

友人たちが少しずつ結婚し始めたころからだろうか。会社で孤立することが多くなり始めたころからだろうか。

いったん欲しいと思い始めると、我慢できなくなってしまう。若いころに較《くら》べれば、給料も増えた。それだけ長い間頑張って働いている。などと、勝手に自分に言い訳して、つい買ってしまう。そして買えば単純に気分がスッキリした。それは、我慢を強いられる毎日と、無意識のうちに帳尻合わせをしているのかもしれないと思う。

エスカレーターで4フロアに上がった。ぶらぶらとディスプレーされた服を見ながら進んでゆくと、見事なウェディングドレスが飾られていて、瑞子は思わず足を止めた。シフォンやオーガンジーがふんだんに使われていて、袖と胸元には手のこんだレースがはめこまれている。純白ではなく少し生成《きな》りがかった色合いが照明に柔らかく映えている。

しばらくの間、瑞子はうっとりと眺め入った。

こういうドレスには、ブーケはやはり白いユリだろう。カサブランカみたいに大ぶりのがいい。ネックレスは真珠より、プラチナとダイヤのクロス。その日だけは、敬虔《けいけん》なクリスチャンになる。

そんなことを考えて、ハッとわれに返った。

こんなところを、会社の後輩ＯＬたちに見つけられたら何と言われることか。この年でウェディングドレスに見惚《みと》れていたなんて、笑い者にされる。

瑞子は辺りを見回して、慌ててその場から離れた。

面倒な年になったものだとつくづく思う。女の子の部分を見せることさえ、周りに気を遣わなければならない。

平気でいればいいのかもしれない。何を言われても気にしない。我が道をゆく、みたいに堂々としている。でも、やっぱりできない。年齢を重ねた独身のＯＬは、意識して背筋を伸ばさなければ、傍目に美しく映らないことは、瑞子自身が知っていた。

時間になり、美和子との待ち合わせのレストランに向かった。

店のドアを開けると、奥のボックス席から彼女が手を上げた。華やかなオレンジ色のスーツを着ている。また新しいのを買ったらしい。彼女も瑞子と同じように、買い物が趣味となっているクチだ。

「瑞子、しばらく。元気だった？」

美和子が笑顔で出迎える。瑞子は椅子に腰を下ろしながら答えた。

「元気なわけないでしょ。仕事は忙しいし、上司はリストラでぴりぴりしてるし、キャピＯＬたちにはムカつくし、相変わらずうんざりの毎日よ。美和子はどう？」

美和子が苦笑する。

「こっちも同じ、ただひたすら忍の一字」

会うのはひと月ぶりだった。この間も、同じような会話から始まったはずだ。何だか、ほっとした。

メニューを広げ、それぞれに好きなものを注文した。瑞子はビールで、美和子はワインだ。いまさら何にしようかと相談することもない。相手の好みはわかっている。それだけ長い付き合いということだ。

メインのスペアリブを食べながら、お互いの近況を報告しあった。もちろん、今日の出来事を瑞子はさっそく口にした。

「ふうん、二十七歳の独身か。それだけ条件の揃った男じゃ、若い子たちが舞い上がるのも無理はないわね」

美和子はソースで汚れた指先をナプキンで拭った。

「言いたいのは、そのことじゃなくて、私より十も年上の女性から『私たちには関係ない』なんて一緒にされたこと。そのほうが頭にきた」

瑞子は食べ終えたスペアリブの骨をお皿の片隅に寄せた。

「それはあんまりだ」

「でしょう」

「いくら何でも四十過ぎと同じにされちゃたまんないわよね」

「私たちも面倒な年になったものね。この際、オバサンに徹してしまえばラクになれるのかもしれないけど、とてもそんな気分にはなれないし。かといって、若い子たちと騒ぐほど無邪気にもなれないし」

「私、大嫌い、若い子って。傲慢《ごうまん》で無神経で自惚《うぬぼ》れてて、そのうえ、シワなんか全然なくて髪もサラサラ」

「ほんと。それでまだ、田舎臭くてみっともないなら可愛げがあるのに」

美和子がワインを飲みながら、ふっと瑞子を見つめた。

「ね、この際、頑張ってみたらどう？」

「頑張るって？」

瑞子はパンを口の中に放りこんだ。

「そのエリートくんを、何とかこっちに向かせるの」

瑞子は吹き出しそうになった。

「冗談でしょう、八歳も年下なのよ」

「それがどうしたのよ。たった八歳じゃない。世の中、ない話じゃないわ。エリートくんを恋人にして、キャピＯＬたちをアッと言わせるのよ。どんなもんよ、あんたたちにはまだまだ負けないわよって、思い知らせるの。気持ちいいわよ、きっと」

美和子はハーフデキャンタをほとんどカラにしている。瑞子はビールのお代わりをボーイに頼んだ。

「そりゃあ、そんなことができれば、気持ちいいだろうけど」

「ね」

「でも、できっこない」

「あら、彼をモノにする自信はないってこと？　さっきの自信はどうしたのよ」

瑞子は上目遣《から》いで美和子を見た。酔いがだいぶ回っているようだ。酔うと、美和子はちょっと絡み癖がある。二十代のころは、ひとりで一本あけても平気だったのが、今は半分でこれだ。

「正直に言う。そう、ない。ないに決まってるじゃない。二、三歳ならイザ知らず、八歳も年下なのよ、そんなのあるわけないじゃない。言いたかないけど、あっちが私に興味を持つとはとても思えない。女なんてよりどりみどりのような男なんだもの。変なことしたら、オバサンが血迷ったなんて笑い者にされるのがオチよ」

「あーあ」

美和子は椅子の背もたれに寄りかかった。

「もうダメなのかな、私たち、ひと花咲かすなんてことできないのかな」

何だかやけに絶望的な声だった。

「そんなことはないと思うわよ。私たちだってまだまだ捨てたもんじゃないって。でもね、やっぱりそれ相応の相手を選ばなくちゃ。自分を卑下するつもりもないけど、無茶することもないと思うの」

「瑞子はそれなりの相手って言うけど、そんな男がどこにいるのよ。たとえば三つ四つ上なんて、みんな妻帯者なのよ。独身で残ってるのは、残ってる理由がはっきりしてるような男ばっかり」

「まあ、それもそうだけど」

「じゃあ不倫しかないわけ？」

「不倫か」

瑞子はビールのお代わりを注文した。三杯目だが、美和子ほど回ってはいない。

美和子はテーブルに肘をつき、手の甲に顎《あご》をのせた。

「ねえ、ちょっと聞いていい？」

「何を？」

「瑞子は結婚する気ある？」

一瞬、返事に詰まった。

「ないことはないわよ。ただ、どうでもいいような男とはしたくないだけ。失望する結婚生活ならヤマほど見てきたもの。今よりプラスになるものが多くなきゃ、結婚する意味がないでしょ」

「うん、それは同感。じゃあ、人からまるっきり男がいないと思われるのと、たとえ不倫でもいいから男がいるって思われるのとどっちがいい?」

瑞子は冷えたビールを喉に流し込み、ため息をついた。

「つまんない選択させないでよ」

「いいから、答えてよ」

美和子は結構マジな顔つきをしている。

瑞子はグラスを置いた。

男がいない、ということが、年下のOLたちからどれほどの同情と哀れみを注がれるかということは、よくわかっているつもりだ。たとえ仕事ができても、そんなものは何の基準にもなりはしない。彼女たちのホームランはすべて男にある。

そんな彼女たちにうんざりして、外野の声などいっさい気にせずに、自分の生き方で進めばいいのだと思う。だけど、まだそこまで悟りの境地に入ることもできない。何が腹立たしいって、同情されたり哀れまれたりするのがいちばんたまらない。

かといって、不倫をしているなんて疑られるのもゴメンだ。どんな噂《うわさ》を流されることか。三十過ぎの独身女はみんなそうなのだと、世の中のセオリーどおりに判断されるのはプライドだって傷つく。

答えられなくて、瑞子は美和子に水を向けた。

「美和子だったら、どっちよ」

「そうねえ……どっちかしらねぇ……私、男いない歴四年だもんねぇ。四年なんてオリンピックが開催されちゃうのよ。情けないったらないわ、まったく」

と、答えにもならないことをブツブツ言い始めた。

美和子が四年前に別れた相手は、大学時代から付き合っていた彼だった。瑞子も何度か会ったことがある。別れの理由は大したことじゃない。早い話が永すぎた春だったのだ。結婚ほど、タイミングを要するイベントはない。その彼も、もう結婚して子供がいるという。

「もういいわ、どう思われたっていい。男がいないだろうが、不倫してるだろうが、勝手にどうとでも思えっていうの。いいじゃない、それで」

瑞子は語気を強めて言った。

こう言うしかないという感じだった。ここで弱気な発言をしたら、今夜のせっかくの食事がひどく胃にもたれてしまいそうだった。

「あんな子たちの言うことを気にしてたら生きてゆけない。私は私よ、知らん顔よ。どうってことないわよ」

美和子はようやく嬉《うれ》しそうに頷いた。

「そう、そうよね。そのとおりだわ。私たちは大人の女だもの。いちいち他人の声に惑わされる年じゃないわよね。勝手に思ってろよね」

「そういうこと」

ふたりはグラスを上げて乾杯した。

それから、美和子はさらにハーフデキャンタを、瑞子はビールを追加した。

瑞子がマンションに戻ったのは、午前一時近かった。

結局、あれからビールをもう二杯飲み、場所を変えてウイスキーも飲んだ。ここのところ美和子と会うと、いつもとことんという感じになる。彼女もまた鬱憤《うっぷん》が山ほどたまっているのだろう。

ドアに鍵を入れると、すでに開いているのに気づいた。開けると、中から迎えの声がした。

「お帰り、遅かったな」

リビングに入ってゆくと、くつろいだ表情の男がソファに座りビールを飲んでいる。

「言ったでしょう、今夜は約束があるって」

「誰と会ってたんだよ」

「大学時代の友達」

「ヒマで金もある独身女か。いい身分だよな、まったく」

その言い方にちょっとカチンとくる。

「そういう言い方されたくない。あなたは好きで結婚したんでしょう。私は好きで今の生活をしてるんだから」

瑞子は彼と目を合わせた。

男が首をすくめた。

大友史郎《おおともしろう》、三十六歳。同じ会社の総務にいる、かつて、瑞子の恋人だった男。

「泊まるつもりなの？」

「ああ、今夜は出張だと言ってきたから」

「その言い訳も、そろそろ使い過ぎなんじゃない。奥さんだってバカじゃないんだから、夫の外泊に疑いを持ち始めるんじゃないの」

「そんな気の回る女じゃないさ。それに、僕がいないほうがラクなのさ。夕飯だって、子供らの分だけでいいんだから」

それにには納得する。男というものは、本当に手のかかる存在だ。

「それよりか、何か食べるものはないかな。腹、へってるんだけど」

瑞子はあっさりと答えた。

「冷凍のピザならあるけど、食べたかったら自分でチンしてね。私、お風呂に入るから」

瑞子は史郎を残し、いったんベッドルームに入った。

パジャマに着替えてリビングに戻ると、史郎がキッチンでゴソゴソとピザをレンジにかけているところだった。

それを横目で見ながら、瑞子はお風呂に入った。浴槽に香りのいい入浴剤を入れて、ゆったりと浸かる。目を閉じると、まだ少し残った酔いが、ゆっくりと身体の中を回り始めた。

史郎のことは誰も知らない。もちろん、美和子にも言ってない。

どうして史郎と付き合っているのだろう。

自分に問うても、答えは見つからなかった。

いわゆる不倫だ。三十五歳の独身女のセオリーどおりの不倫なのだ。

けれど、瑞子に不倫をしているという意識はなかった。というのも、不倫という言葉が持つ、陰惨な愛情のもつれなどというものが、自分には少しもないからだ。

十年前、史郎が瑞子に突然別れを告げて、上司の妹と結婚したとき、瑞子は死にたいくらい悲しかった。敗北感と失望感でいっぱいだった。

救われたのは、史郎が結婚と同時に九州に転勤になったこと。そうでなかったら、いたたまれず会社を辞めていたかもしれない。

半年前、史郎は東京に戻ってきた。

遅い異動だったと言えるだろう。支社に十年ばかりもいたことになる。史郎の仕事ぶりがあまり評価されず、本社に戻る席がなかなか用意されないことは、ずっと前から噂で聞いていた。内心では、それ見たことかという思いもあった。できるなら、二度と帰ってきてほしくなかった。

社内通達で異動のことは知っていたが、廊下で史郎と顔を合わせたとき、やはり動揺した。その動揺をどう説明したらいいだろう。昔の恋だった。史郎はそれなりに年をとっていた。思っていたような憎しみは感じなかった。むしろ懐かしさに近かったような気がする。それは史郎に対してというより、あのころの自分に対してだ。

あんなに好きだった史郎が、今、目の前にいる。

しばらくして戸惑いがちに史郎が誘いをかけてきた。そして、ふたりで食事をした。それから付き合いが始まった。

ベッドに入ったのは、三度目のデートのときだったように思う。

躊躇《ちゅうちょ》しなかったわけじゃない。迷いも葛藤もあった。損得勘定もしたはずだった。それでも首を縦に振ったのは、史郎と自分との立場が十年前と逆転していたからだ。

史郎はオドオドと誘いをかけてきた。断わられることにビクついて、瑞子の機嫌を損ねないようにと必死だった。

それは十年前の自分だった。あのとき、史郎に嫌われるのが怖くて、いつも怯《おび》えた小動物のように史郎を見つめていた。史郎に抱かれているときも、抱いてもらっていると いう感覚だった。でも今は、抱かせてやっていると感じる。残酷な気持ちが瑞子には心地よかった。

瑞子がどんなに史郎を粗末に扱っても、史郎は帰らない。帰る男であるならば、もっと瑞子は史郎に愛を感じたかもしれない。

史郎のために食事を作らない。史郎の持ち物はいっさい置かない。予定を史郎に合わせない。それでも、史郎はここに来る。

瑞子はそのたびに史郎が嫌いになる。

本当に、心から嫌いになる日をそうやって待っているのかもしれないと思う。


冴木行彦の歓迎会は、銀座のホテルの小宴会場を借り切って行なわれた。

第二販売部は総勢五十人ばかり。そのうち女性は十五名いる。しかし実際に冴木と仕事がかかわるのは瑞子と吉沢千絵と小田ゆかりの三人である。

誰もが、今日のファッションにはリキを入れていた。

もちろんそれは、冴木行彦を意識しているからだ。若いOLの多いこの会社では、新しく出現した男性を結婚相手として見るのは、一種の条件反射のようなものだった。

女性の座席はクジ引きだった。気楽な人の隣りならいいが、気難しい上司の隣りだと気を遣う。もっとも困るのは、OLをホステスと勘違いするような社員の隣りに座ったときだ。

そんな男の隣りにだけはならないよう、祈りながら瑞子は受付でクジを引いた。

小さな紙を広げると「2」と書いてある。

瑞子は思わず顔をしかめた。2番となると、きっと上座《かみざ》だ。上司ばかりに囲まれなければならない。

吉沢千絵が肩ごしに覗き込んだ。

「あら、川原さん、大変ですね」

と、同情的な声を出したものの、目が笑っている。面倒な上司のお守《も》り役は、当然、年上ＯＬがするものだと思っている。

瑞子は鷹揚《おうよう》な笑顔で答えた。

「須崎部長の隣りだったらいいんだけどね」

須崎部長は、温厚で紳士的なところが部下の信頼を集めている人だった。瑞子も入社した時から可愛がられていた。

本当は重役になっても不思議ではない人なのだが、先代社長が亡くなってから、出世の道からはずされている。

会社側に立つよりも、社員側に立つタイプの人だから、社員からの信頼は厚いのだが、社員の中には自分の出世に欲を持ち始めるころから、離れてゆく者もいる。須崎部長についていても、先は望めないと踏むからだ。

けれど、そこまで出世にこだわっていない瑞子にしてみれば、須崎部長がもっとも好意を感じられる上司だった。

会場に入って、自分の席を探した。

須崎部長と書かれたプレートがあり、そのテーブルの辺りを探してようやく見つけた。

右隣りは、何と、大嫌いな木村主任だ。不潔っぽいあいつの横での食事だと思うと、それだけでウンザリだった。

そして、左隣りの名前を見た。

「あら……」

冴木行彦の名前があった。

普通、ヒラの社員は下座《しもざ》なのだが、今日は彼の歓迎会ということで、こんな上座に座らされることになったのだろう。

瑞子はちょっとばかり気分がよくなった。

新しいものには、誰だって興味が湧く。どうせなら、カッコイイ男性の隣りのほうがいいに決まっている。

しばらくして、冴木行彦が瑞子の隣りにやってきた。

彼は瑞子と顔を合わせると、少し照れたような表情で頭をペコリと下げた。

「失礼します」

初々《ういうい》しさがあった。抜け目のないエリートのような気がしていたが、意外と純情なところもあるのかもしれない。

「いいえ」

と、答えた自分の声にちょっと甘さが含まれていて、瑞子は誰かに聞かれなかったかと思わず辺りを見回した。

やがて歓迎会が始まった。

須崎部長の挨拶《あいさつ》。ふたりいる課長の挨拶。そして、冴木の挨拶と続く。

冴木が前に進んだとき、女の子たちの視線がいっせいに注がれた。誰もが獲物を狙うような目つきをしていた。それは決して男には見破れないが、女同士では瞭然《りょうぜん》だった。

冴木が席に戻ってからも、視線はずっと追ってくる。

挨拶が済めば、普通の会食と変わりはない。

瑞子は大皿から料理を取り分けて、男性社員に回した。

本当はこんなことはしたくはないのだが、右隣りに座る木村主任にお皿をかき回されてしまうことを考えると、少しくらいの労力を費しても、自分で料理を取ったほうが気持ちいい。

もちろん、冴木のお皿にもそうした。

冴木は、それを当然のように思っている他の社員とは違って、申し訳なさそうな顔をした。

「どうも、すみません。女性にそんなことをさせちゃって」

瑞子は首を振った。

「いいのよ、これくらい。いつものことだもの」

「そっか、そうなんですよね。日本じゃ、こういうことは女性がするものって風潮がまだあるんですよね。海外じゃ男性がすることだから、見てると何だか申し訳ないような気になって」

気分がよかった。そんな言葉、職場ではとても聞けない。

「そんなふうに言ってもらうと、こういうことするの、ちっとも苦じゃなくなるわ」

「少し、日本の男は女性に甘え過ぎなんですよ。長く外国暮らしをして、日本人の男の大方《おおかた》はマザコンなんじゃないかなって思いました。女性には尽くされるものだって思ってるでしょう」

瑞子は思わず笑った。

「言い過ぎかな」

「ううん、ちっとも。まさにそのとおりだもの」

そこで、冴木は改めて自分を紹介した。

「冴木行彦です。これからお世話になると思いますので、よろしくお願いします。ずっと日本を離れていたので、ちょっと浦島太郎みたいになってて」

「こちらこそ、よろしく。私は……」

「知ってます。川原瑞子さんでしょう」

「あら……」

「新参者がいちばんにしなくてはならないことは、人の顔と名前を覚えることですからね。川原さんはすぐ頭に入りました」

「第二販売部の中でいちばん年上で、怖いお局さまだものね」

瑞子が冗談めかして言うと、冴木はマジな顔つきで首を振った。

「まさか。オフィスの中でいちばんてきぱきと仕事をしてるんで目についたんです。それに美人だし」

瑞子は思わずグラスを持つ手を止めて、冴木を振り向いた。

冴木は困ったように髪に手をやった。

「あ……どうもすみません。不躾《ぶしつ》けなこと言っちゃって」

瑞子はちょっとドキドキした。ストレートにそんな言われ方をしたのは初めてだった。

でも、すぐにいつもの自分を取り戻した。

冴木から見れば、瑞子などただの年上のＯＬでしかない。海外生活が長くて少し口がうまいだけだ。こんなとき、妙に照れたりしては年上の沽券《こけん》にかかわる。

「さすがにお世辞も上手ね」

軽くいなした。

「お世辞じゃありませんよ。本当にそう思ったから言ったんです」

「ありがとう。素直にいただいておくわ」

それからの冴木との会話ははずんだ。冴木は気取ったところがなく、冗談もうまかった。特にロスの話は、瑞子の興味を引いた。

そんなころ、新入社員の小田ゆかりが近づいてきた。

もちろん、冴木に自己アピールをしに来たに決まっている。

「ねえ冴木さん、私たちのテーブルにいらっしゃいませんか。吉沢先輩が、連れてこいってうるさいんです」

「え、ええ」

冴木は救いを求めるような目で、チラリと瑞子を見た。

瑞子は鷹揚な笑顔で答えた。

「行ってきたら。早く、みんなと親しくなっておいたほうが仕事もやりやすいだろうし」

言いながら、瑞子は千絵を振り返った。

なるほどね、と思った。

千絵らしいやり方だ。小田ゆかりのことをボロクソに言っておきながら、都合のいいときはちゃんと利用する。

「ほら、川原先輩もそう言ってるんだから。ＯＬと親しくしておくと何かと便利ですよ。コピー取りだってデータ探しだって、最優先しちゃいますから」

せかすように、小田ゆかりが言う。

「そうか。じゃあ、ちょっと」

冴木は席から立ち上がった。小田ゆかりは可愛い嬌声を上げ、冴木の腕を引っ張るように、自分の席に連れていった。

彼女たちの手口は知っているつもりだし、そんなことでいちいち腹を立てるほど子供でもないつもりだ。けれど、やはり気分はあまりよくなかった。

そして、瑞子は少しでもそんなことを感じた自分を笑ってしまいたくなった。

そんな彼女たちの騒々しさからはすでに「いち抜けた」の状態のはずだ。誰もがそう思っているし、瑞子自身もそうだった。

年齢なんて関係ない。女はいつまでたっても女。

そんなことをよく女性雑誌は言っている。そんな言葉に乗せられて、その気になったら恥をかくのはこちらだ。

瑞子はちゃんとわかってるつもりだ。

自分の三十五歳という年齢。

決して、諦めているのではない。ただ、知っているのだ。自分を錯覚したくないだけだ。

ふっと、美和子の言葉が思い浮かんだ。

「エリートくんを恋人にして、キャピOLたちをアッと言わせるのよ」

瑞子は料理を口に運んだ。

馬鹿馬鹿しい……

壇上では、カラオケが始まった。

歓迎パーティは、いつものように、ただの宴会に変わっていった。

3　千絵、ディオールのブルーピンク

歓迎パーティで、小田ゆかりと同じテーブルになったのが運のツキだった……と、千絵は舌打ちしたい気分だった。

「冴木さんこっちのテーブルに呼んでもいいかしら」

と、彼女に言われ、つい「いいんじゃない」と言ったのがマズかった。

小田ゆかりはそそくさと席を立ち、本当に冴木を誘いに行ってしまった。

それはまだいい。千絵にも冴木に対する興味があったのだから、連れてきてくれることは正直言って大歓迎だ。

だからといって、誘うときのセリフに自分をダシに使われてはかなわない。

小田ゆかりの言葉がここまで聞こえてきた。

「吉沢先輩が、連れてこいってうるさいんです」

それはないんじゃないの、と思わず席から半分お尻を浮かせた。

そんなこと、ひと言も言ってない。

隣りに座っていた川原さんがこっちを振り返っていた。その時の、あきれたような不機嫌そうな目つき。まるで、小田ゆかりを扇動していると誤解を受けたにちがいない。利用されたのはこちらだというのに。

「ふん、あの子ときたら」

こんなことで睨《にら》まれるなんて冗談じゃない。ただでさえとっつきにくい先輩だというのに、ますます付き合いづらくなるだけだ。

それも、まだ冴木とゆっくり話ができたというなら、少しぐらい川原さんに睨まれてもしょうがないと思うのだが、小田ゆかりときたら、すっかり千絵を無視して冴木を独占してしまっている。そういうところは、感心するほど抜け目ない。

彼女独特の上目遣い。舌っ足らずの喋り方。なかなかの美人だから、それでたいていの男はイチコロだ。彼女もそれを知っていて、十分に武器にしている。

見ると、冴木も結構楽しそうに話している。結局、冴木もコロッとなる男のひとりということか。

まったく、よくやってくれるわ……

結局、川原さんに睨まれ損というわけだ。

千絵はぶつぶつと小声で呟きながら、目の前のビールを一気に飲み干した。


それから一週間が過ぎた。

小田ゆかりの冴木行彦へのアピールは相当のものだった。ことあるごとに彼のデスクに出向いてゆく。

「コーヒー、いれましょうか」

「何かお手伝いすることありません？」

「外国のお話、聞かせてほしいなぁ」

「今度、飲みに連れてってください」

そんなときの小田ゆかりは、ＯＬというよりほとんどホステスというふうに千絵には映った。目の前で、尻尾《しっぽ》を振り続ける室内犬といった彼女の態度はあけすけで見苦しく、同じ女として神経を逆撫でされた。とにかく腹が立ち、いらいらした。仕事にも身が入らず、ついふたりのほうにばかり神経が集中した。

いいや、本当のことを言おう。

千絵だって内心、冴木が気にかかっている。冴木みたいなハンサムで、将来有望な男と恋をして、結婚までこぎつけられたらどんなにラッキーだろう、と考えている。

もちろん、冴木は入社してきてまだ間もない。人間的なものは何ひとつわかっていない。けれど、なんだかんだ言っても、第一印象がすべてを支配するってところがある。この一週間、彼の仕事振りと人との接し方を見てきた。それだけで十分だった。冴木はきっと期待を裏切らない男だ。

その時、ふっと思った。

それに較べて司は……

まったくもって対極にいるようなタイプだ。だいたい、司と自分は本当に恋人同士なのだろうか、それさえよくわからなくなってきている。

出会ったころは、確かに食事も喉を通らないくらい、ときめいた。手をつなぐことも、キスすることも、もちろんベッドに入ることも、想像しただけでつい顔が綻《ほころ》んでしまう。

実際、あのころ、周りから、

「顔が変わった、すごくきれいになった」

と、よく言われた。千絵自身、自分でもそう思った。鏡に映る自分を見るのが楽しみだった。

あの至福の時は確かに存在したのに。

なのに、今はもうない。あの時の思いは、慣れになり、日常になり、やがて惰性に変わっていった。

何日も連絡をよこさない司。約束をたった一本の電話で白紙にしてしまう司。女の子の影をちらつかせている司。

こんな関係を恋人同士なんて呼べるだろうか。

それにプータローに近い今の生活を、将来につなげて考えられるはずもない。待っているのは、先の見えない不安だけだ。

そんな司にいったい何を期待し、どんな夢を抱けるというのだろう。

「吉沢さん、ちょっと」

名前を呼ばれて、ハッと顔を上げた。

デスクのすぐ横に、川原さんが立っている。

「あ、はい」

「頼んでおいた先月分の販売推移グラフできてるかしら？」

「え……」

千絵は目をしばたたいた。一瞬、何のことかわからなかった。

「グラフですか？」

「昨日、帰りぎわに資料を渡したでしょう。明日いちばんにとりかかってほしいって」

「あっ、ああ」

そういえば、確かに頼まれていた。他の仕事にかまけて、すっかり忘れていた。

「すみません、まだできてなくて……」

川原さんは声をひそめた。

「忘れてたの？」

「いえ、そんなわけじゃないんですが、ちょっと他に急ぎの仕事を頼まれて」

まさに言い訳だった。もちろん、川原さんは見抜いている。何か言われそうだと首をすくめたとき、声がかかった。

「すみません。その資料、先に僕が借りたんです」

冴木だった。千絵は驚いて顔を向けた。

冴木が席を立ち、近づいてきた。

「朝、少しの間見せてほしいなんて言いながら、午前中、ずっと借りっぱなしになってたものだから、吉沢さん仕事にかかれなくて」

千絵は何のことかわからず、ぼんやりと冴木の顔を見つめた。

冴木が千絵に向かって頭を下げた。

「どうも、すみませんでした」

そのときになって、自分をかばってくれているのだということに気がついた。

冴木の態度に、さすがに川原さんも何も言えなくなってしまったらしい。仕方ないという表情でため息をついた。

「そう、じゃあしょうがないわね」

それから、川原さんは千絵に顔を向けた。

「三時までに作れるかしら。それと一緒に企画書を提出しなくちゃならないの」

「はい、大丈夫です。すぐかかります」

「じゃあ、お願いね」

川原さんが席に戻ってゆく。

それを見届けてから、千絵は振り向き、冴木に頭を下げた。

「ありがとうございました」

「いや、いいんだ。困った時はお互いさまさ」

冴木は口元に笑みを浮かべて、デスクに帰っていった。

千絵は急いでパソコンに向かった。推移表のグラフ作成は手間がかかって面倒な仕事だったが、あまり苦にならなかった。冴木がかばってくれた、ということで、すっかり気分をよくしていた。

グラフは三時前に何とか間に合った。

川原さんは何か言いたげに、ちょっと顔を向けたが、結局は黙って受け取った。冴木のことで何か言いたかったのかもしれない。川原さんのことだ、あれが冴木のお芝居だったことはとうに気がついているだろう。

五時近くになって、冴木がひとりで廊下に出たのを見つけると、千絵はその後を追いかけた。

「冴木さん」

人けのない廊下で声をかけると、冴木が足を止めて振り向いた。

「さっきは本当にありがとうございました」

丁寧に頭を下げた。

「ああ、いいんだ、こっちこそ余計なことをしてしまったんじゃないかな」

「助かりました。忘れてたなんて言ったら、川原さんに叱《しか》られるところでした」

千絵は肩をすくめた。

「川原さんは仕事ができる人だから、どうしても厳しくなるさ」

「私なんかいつも叱られてばかり」

「いつか、僕が川原さんから叱られそうな時には、お返しに助けてもらうよ」

冴木は気さくな笑みを浮かべた。

条件が整いすぎていると、どこか近寄りがたいものを感じるが、冴木の表情はまだ少年の気配さえ残していて、千絵はきゅっと心を摑《つか》まれてしまいそうな気がした。

何て素敵なんだろう。こんな男とは二度と出会えないかもしれない。もしかしたら、これはチャンスなのかもしれない。小田ゆかりに独り占めになんかされてたまるものか。と、思った瞬間、自分でもびっくりするような言葉が口をついて出た。

「今夜、お礼に夕食を奢《おご》らせてください」

言ってから、急に恥ずかしくなった。これじゃまるでナンパだ。

「もちろん、冴木さんの都合がよかったらですけど……」

言葉が尻すぼみになる。冴木に図々しい女だって思われなかったろうか。女から誘うなんて嫌われるだろうか。

冴木は頭に手をやると、言葉を濁した。

「実は今日は……」

最後まで聞く前に、千絵はいたたまれない気持ちになった。

「あ、いいえ、いいんです。ごめんなさい。ちょっと言ってみただけですから。私ったら何を言ってるんだろう、今の聞かなかったことにしてください」

こうなったら明るく振る舞うしかない。千絵は快活に言った。

しかし、冴木の言葉は意外なものだった。

「いや、そうじゃなくて、仕事が終わるのが七時ごろになりそうなんだ。それでもいいかな」

「え……？」

千絵は冴木の顔を眺めた。

「吉沢さんは定刻どおりに終わるんでしょう。二時間も待ってもらうのはやっぱり悪いしね」

冴木がOKしているのだ、と気づくまで少し時間がかかった。

「もちろん大丈夫です。二時間ぐらい、平気です」

冴木の笑顔が十五センチ上から注がれる。

「光栄だな。入社して初めてのデートの相手が吉沢さんだなんて。えっと、じゃあ待ち合わせはどこがいいかな。会社の近くだとマズイよね、やっぱり」

「あの、それじゃあ表参道のSホールのティールームなんていうのは」

「わかりやすい場所かな。なにせ日本をずっと離れていたものだから、何にもわからなくて」

「地下鉄の駅からすぐだから。駅の地図にも出てます」

「よし、そこに七時半だ。じゃあそのときに」

冴木が廊下を歩いてゆく。その後ろ姿を眺めながら、千絵はしばらく、その場に立ち尽くした。

「私、冴木さんとデートの約束をしたんだ……」

誘った自分に驚いていたし、あんなに簡単にOKしてくれた冴木にはもっと驚いていた。こんな展開になるとは、つい三分前まで考えてもいなかった。世の中には、思いがけないことが起こるものだ。

「吉沢先輩、こんな所で何やってるんですか」

振り向くと、小田ゆかりだった。手にファイルを山ほど抱えている。もちろん、千絵に声をかけるときは冴木に対するような甘ったるい声じゃない。

「ううん、別に」

千絵はひどく気分がよかった。ふふん、と鼻を鳴らしたい気持ちだった。

小田ゆかりがどんなに自分をアピールしたかは知らないが、自分は今夜、冴木とデートする約束をしているのだ。

「それ、大変そうね、半分持ってあげる」

「え、いいんですか」

「もちろん」

千絵は小田ゆかりのファイルを何冊か手にした。

「どうもすみません」

彼女が怪訝《けげん》そうな顔つきで千絵を見ている。

千絵はにっこり笑いかけた。

「困ったときはお互いさまだものね。やっぱり、助け合わなくちゃ」

首をかしげている小田ゆかりを残して、千絵は先にオフィスの中に入っていった。

約束の七時半まで、ウインドーショッピングで時間をつぶした。

でも、気分がすっかり高揚していて、何をしていても心ここにあらずという感じだった。

洋服はこれでよかっただろうか。シンプルなピンクのニットアンサンブルに紺パンツという平凡この上ない格好だ。わかっていたら、もっとお洒落《しゃれ》をしてきたのだが、決まったのはついさっきだ。着替えに帰る時間はない。衝動買いで服を買う余裕もない。せめて、お化粧だけはきちんとしていたいと、洗面所に入って時間をかけて直した。

もしこれがきっかけで、冴木と付き合うようになったりしたらどうしよう……

なんて、鏡を見ながらつい先走ったことを考えたりもした。

でも、もし本当にそうなったら司のことはどうするんだろう。

司と冴木。

やはり、ふたりを天秤《てんびん》にかけてしまう。もちろん、かければかけるほど、傾くのは冴木さんのほうだ。冴木だったら文句はない。誰にだって自慢できる相手だ。

待ち合わせのティールームでコーヒーを飲んでいると、冴木が入ってきた。

「ごめん、五分の遅刻だね」

会社の中でも素敵だが、こうして外で会うともっと素敵だった。

「いいんです、それくらい。それよりお仕事、大丈夫ですか？」

「まだ少し残ってたけど、もういいやって投げ出してきたんだ。残業なんかより、吉沢さんとデートするほうがずっと楽しいからね」

こういうところ、うまいなぁと思う。さすがに外国生活が長いだけあって、キザでもイヤミでもなくさらりと言ってしまう。

「さてと、どこに案内してもらえるのかな」

「近くに、懐石風フランス料理の店があるんです。そこにしようと思うんですけど、冴木さん、好き嫌いは？」

「いいや、何でもOKだよ。一人暮らしが長いから、何でも食べられる特技が身についてしまった」

「よかった」

ふたりは席を立ち、レストランに向かった。

料理のコースの注文は千絵がしたが、ワインは冴木が選んだ。ソムリエに、たじろぐことなく接している冴木を見て、千絵はますますうっとりした。サマになってる。キマってる。もう、文句のつけようがない。

ずっとこんなデートがしたかった。いかにもデートらしいデート。女性雑誌で紹介しているような、流行《はやり》のドラマでやっているような。

司はいつもお金がなくて、たいてい千絵が払わされた。だから、アパートで食べることがどうしても多くなる。そのほうがずっと安上がりだからだ。たまに出掛けたとしても、居酒屋や焼き鳥屋のような所ばかりだ。

そこがイヤだと言ってるんじゃない。しかし、いつもそこでは寂しい。時には、お洒落をして待ち合わせたい。他のカップルと同じように、街中をちょっと気取って歩いてみたい。それは二十三にもなって、と笑われることだろうか。

「どうしたの？」

「え？」

「何だか、ぼんやりしてる」

「そんなこと」

「この鱸《すずき》、おいしいね。やっぱり魚介類は日本がいちばんだなあ」

初めての食事というのは、どうしても緊張してしまうものだが、冴木の垢抜けたエスコートに、千絵もいつかリラックスしていた。彼のちょっとした気くばり、たとえばワインを注いでくれるとか、爪の形が綺麗だねと誉められるとか、そんなことで自分が何だかとてもいい女になったような気がした。

たっぷり時間をかけて食事を終え、ふたりは外に出た。

「ごめんなさい、ワインも私が払わなくちゃいけないのに」

「食事は君がご馳走《ちそう》してくれたんだもの、それくらいは当然だよ」

会計のとき、冴木はさりげなくその分を出してくれたのだった。そんな心遣いも嬉しかった。正直言って、ワインの値段が気になっていた。カードを持っているから、いざというときはそれで支払うつもりだったが、内心ではびくびくしていた。

表参道の地下鉄に続く階段口で、冴木が立ち止まった。

「君はここから乗るんだよね」

「はい」

「今夜はどうもありがとう。会社の話なんかも聞けて、とても楽しかった」

「私こそ」

「じゃあ、また明日、会社で。おやすみ」

「おやすみなさい」

歩いてゆく冴木の背を見送って、千絵は弾むような足取りで階段を下りた。

なんてラッキーな一日だったのだろう。川原さんに叱られそうになったときは最低だと思ったけど、人生、何が幸いするかわからない。

冴木は、千絵をどう思っただろうか。少し緊張していたから、あまりうまく喋れず、もしかしたらとっつきにくいタイプのように思われたんじゃないだろうか。もう少し、女らしさを出したほうがよかったかもしれない。もちろん、小田ゆかりみたいな下品な感じじゃなくて。

いや、上出来だ。冴木も心から楽しんでいたという感じだった。

それにしても、小田ゆかりがもし今夜のことを知ったらどんなに悔しがるだろう、それを考えただけで千絵はほくそ笑んだ。

思わず歌を口ずさんでしまいそうな、そんな気分のままにアパートの階段に足をかけると、司が立っていた。

「おっす」

「あ……」

千絵はまるで悪いことが見つかったようにうろたえた。

「どうしたの」

「もちろん待ってたのさ。遅いなぁ、残業か？」

「うん、まあ」

不意に、司が後ろ手に隠していた花束を差し出した。

「えっ、なに？」

千絵は驚いて、手渡された花束と司の顔を交互に眺めた。

「この間、約束すっぽかしただろう、せっかくロールキャベツ作ってくれたのに。そのお詫《わ》び」

　千絵は何と答えていいかわからない。花束は嬉しいけれど、正直に言えば、よりによって今日じゃなくても、という気持ちだった。

「何だよ、嬉しくないのかよ」

　司が不満そうに頬を膨《ふく》らました。

「ううん、嬉しい。嬉しいに決まってるじゃない、驚いてるだけ。司がこんなことするの、初めてだもの」

「ま、たまには俺だってさ」

　司は千絵に顔を近づけ、クンクンと鼻を鳴らした。

「何だ、飲んでるんだ」

「ちょっとね。残業の帰りに会社の友達と食事に出掛けたから」

　千絵は鍵穴にキーを差し込んだ。

　部屋に入って、まずは花を花瓶に生ける。司が花屋で花を買っている姿を思い浮かべると、ちょっとほほ笑ましかった。

「おなか、すいてるんでしょう」

「ああ、まあな」

「この間作ったロールキャベツが冷凍してあるの。それでいい？」

「もっちろん」

千絵はタッパーごとレンジにかけた。それからタマゴと牛乳をボウルに入れ、パンを浸してフレンチトーストを焼いた。朝ご飯に近いが、司の好物だからだ。それに、今からご飯を炊いていたら時間がかかってしょうがない。

料理が調《ととの》ったころには、司はいつもの位置に座ってすっかりくつろいでいた。

テーブルの上に料理を並べ、千絵は向かい側に座った。

「何か飲む？」

「うん」

「そうだ、ワインがあるんだった。ちょっと冷えすぎかもしれないけど」

すぐにグラスとワインを用意した。

「司の口に合えばいいけど」

栓を抜いていると、司が怪訝な顔つきで千絵を見つめた。

「なに？」

「花束の効果ってすごいもんだなぁ」

「そう？」

「もっと、怒られると思ってた。なのにえらい優しいんだもんな」

「もちろん、怒ってるわよ」

千絵は司と目を合わせずに答えた。別に罪悪感を持つことはないと思いながら、やっぱり冴木とのデートを後ろめたく思っている自分がいるのだった。

「ね、私、先にお風呂に入っちゃっていい？」

「うん」

千絵は立ち上がってバスルームに入った。お湯をためながら、化粧を落とす。鏡に映る自分の顔を見ると、ちょっと綺麗だった。

それは司からの花束のせいだろうか。

それとも、冴木とのデートのせいだろうか。

ふたりの男の間で揺れる女心、なんて勝手なフレーズを考えている。

たまにはこういうのもいい。いつも司に振り回されてばかりでは、眉間《みけん》にシワを寄せた女になってしまう。

お風呂から上がって、ノンカロリーのスポーツドリンクを飲んでいると、司がつけていたテレビを消して振り返った。

「あのさ、ちょっと話があるんだ」

「話？」

「座ってくれよ」

千絵はペットボトルを手にしたまま、司の向かいに腰を下ろした。

「どうしたの、そんなにマジな顔しちゃって」

千絵がおどけて言ったのに、司はニコリともしない。

「前にも話したと思うけど、今、すごくいい芝居ができそうなんだ」

「ああ、あれね」

その話なら覚えている。司はずいぶん力を入れているようだった。

「ホンもいいし、みんなものってる。公演できたら俺たちの劇団も業界からきっと注目されるようになると思うんだ」

「そう」

「でも、なかなか適当な劇場が見つからなくてさ。二百人ぐらい入る所で三日間ぐらい貸してくれる劇場がいいんだけれど、そういう所はずいぶん先まで予約で埋まってるんだ」

「ふうん」

「ところがだ、この間、いい話が舞い込んだんだ。下北沢《しもきたざわ》にある劇場なんだけど、予定の芝居がキャンセルになったとかで、俺たちに回してくれるって言うんだ。大きさも日数もぴったりなんだよ」

「ほんと、よかったじゃない」

「うん、ほんとにラッキーな話でさ。すぐ飛びついたよ。けど、問題がひとつあるんだ」

「なに?」

「金だよ」

「ああ……」

「キャンセルだから、格安なんだけど、それでも俺たちの劇団では大変な金額なんだ。それで、それでだ、こんなこと千絵に頼むのは本当に心苦しいんだけど……」

司はきっちりと正座し、姿勢を正した。

「いくらか出資してくれないだろうか」

千絵は黙った。

「もちろん返す。チケットの売り上げで絶対返すから、だから、少し借りられないかな」

「…………」

「いくらでもいいんだ。千絵が困らない程度で」

千絵はおずおずと尋ねた。

「それで、いくらいるの?」

「ん……できたら五十万ほど……」

「五十万」

　千絵は気の抜けた声を出した。

「いや、それが無理なら三十万でもいい、何なら二十万でも」

千絵はしばらく黙っていた。つい今しがたまでの、浮かれた気分はすっかり消えてい
た。

男と女の間に、お金が絡むということの複雑な思いを経験するのは初めてだった。

五十万といったら大金だ。就職して三年。財形貯蓄と社内積立てはしているが、七万
三千円のアパート代を払っての生活は決してラクなものじゃない。預金は百万ほどある
が、やっとのことで貯めたお金だ。もう少し広いマンションに引っ越すための資金でも
ある。

「やっぱりダメか……」

司ががっかりした声を出した。

「ダメってわけじゃないけど……」

「じゃあ」

「司、たとえ二十万でも私にとっては大金よ。すぐどうぞってわけにはいかないの」

「うん、わかってる」

「しばらく、考えさせて」

「急いでるんだ。十日以内には払い込まないとほかの劇団に押さえられてしまう」

「じゃあ、一週間待って」

「そっか……」

ふたりとも口を噤《つぐ》んだ。気まずい沈黙が流れた。お金のことというのは、どうしてこうも人を重い気分にさせてしまうのだろう。

「俺、今夜は帰るよ」

「そう」

引き止めなかった。引き止めても、今夜はとても一緒のベッドに入る気にはなれなかった。司は引き止められなかったことに、ちょっと自尊心を傷つけられたような顔をした。

「じゃあ、また連絡するから」

司が部屋を出ていく。千絵は大きく息を吐き出した。

憂鬱が急に押し寄せてきた。司は恋人だ。いい加減なところはあるにしても、少なくとも今はいちばん身近で大切な存在だ。そんな司のために少しでも力になってあげたい、あげなければ、その気持ちは確かにある。

でもそれとは別の部分で、どこか釈然としないのだった。どうしていつも、私ばかりが司を助ける役割をしなければならないのだろう。ご飯を作ったり、約束を破られたり、そんなことはまだいい。けれど、お金の話となれば、愛とか恋とかからあまりにもかけ離れた現実だ。

ボードの上で、司が持ってきた花がかすかに揺れている。

この花束だって、司はこの間のお詫びと言っていたが、結局は、お金のことを切りだすための小道具だったわけだ。それを思うと、ひどく醒めた気分になった。

翌日。

昼休みに、洗面所で人事部の恭子と顔を合わせた。

「どうしたの、サエない顔してるじゃない」

恭子はディオールの口紅を丁寧に塗っている。定番のこのブルーがかったピンクの口紅は、ＯＬの三人にふたりは持っている。もちろん千絵も恭子もそのふたりのうちに入っている。

「そんなことないけど」

千絵はポーチからミストを取り出し、前髪のウェーブが壊れないようシュッと吹きかけた。

「冴木さんを小田ゆかりにとられそうなんで、頭にきてるんでしょう」

恭子はからかうように言った。

「何よ、それ」

「聞いたわよ、彼女、ずいぶん積極的に迫ってるんだって？」

「耳が早いわね」

「人事部だもの」

「別に、そんなことじゃないわ」

「じゃあ、もしかして、あの男のこと？」

「あの男？」

「ほら、劇団だか作ってるあの男よ」

　返事に詰まった千絵を、恭子は鏡の中から覗き込んだ。

「いい加減にしときなさいよ。先の見えない奴といつまでもズルズルしてちゃ、大事な時を無駄にしちゃうわよ」

「私はいつでも別れられる」

　千絵は少し胸を張って答えた。

「本当に？」

「もちろん」

「ひとつの恋を終わらせるには、新しい恋をするのがいちばん。どう、この際、真剣に冴木さんに迫ってみるっていうの。ふられてもともとと思えばいいじゃない。このままにしておいたら、小田ゆかりに本当に取られちゃうわよ」

黙っていると思って、失礼なことを言う。ふられてもともと、とはどういう意味だ。

それには答えず、千絵は口紅を塗り、ティッシュで唇を押さえた。口ではそんなことを言っておきながら、本当は恭子も狙っているという可能性は十分にある。

昨夜の冴木とのデートのことを、喋ってしまおうかと思った。聞いたら、恭子はどんなに驚くだろう。

でも、やっぱりまだ早い。あれはデートというほどのものでもない。誘ったのが千絵のほうだというのも言いにくい。

それに、喋ってしまうと、近づいた幸運が逃げてしまいそうな気がした。

「それにさ、小田ゆかりだけじゃなく、他にもシングルの女の子はいるんだし、ライバルは多いんじゃないの」

「そうかな」

「ほら、千絵の上に先輩ＯＬがいるじゃない、川ナントカっていう」

「川原さんのこと？」

「そうそう、ふたりが立ち話してるの、見たわよ。彼女も独身なんでしょう。意外と狙ってるかもよ」

「同じ部署なんだもの、立ち話ぐらいするわよ。それに、川原さんはもう三十五歳よ」

「今の三十五歳は見縊《みくび》れないわよ」

「見縊るつもりはないけどさ」

「川原さん、気は強そうだけど、結構美人じゃない。どうしてあの年まで結婚しなかったのかしら」

「さあ、どうしてだろ」

「不倫でもしてるんじゃないの、年増の独身女にはありがちなパターンよ」

「もう結婚する気ないのかな」

「ないんじゃないの。というより、やっぱりあの年じゃ難しいんじゃない。相手となれば、再婚か、下手《へた》すりゃ子持ちよね。男なんて、少しでも若い女が好きだもの。会社の男どもを見てればわかるじゃない。若いってだけですっかりデレデレしちゃってさ。私たちだって今はまだ若いなんて言われてるけど、すぐよ、すぐオバサンって呼ばれるようになるんだから」

「そうかもね」

　千絵の口から濁ったため息が漏れた。ここ一年ぐらいの間で、友人たちの何人かが結婚していった。確かに二十三歳は若い。ということは、若さを武器にするなら今だ。このまま勤めていても先に何があるだろう。仕事に生きがいを感じているわけじゃない。売り時の今のうちに、条件の整った相手を探すのがいちばんではないか。田舎の両親だって、それを待ち望んでいるはずだ。

「あら、そろそろ時間よ」

千絵は腕時計を覗き込んだ。

「ほんとだ」

「あーあ、また仕事かぁ」

恭子がため息をつく。

ふたりはコンパクトや口紅をポーチの中に放り込み、洗面所を後にした。

4 瑞子、サンローランのダークオレンジ

瑞子はトイレの中で息をころしていた。

話を聞いているうちに、だんだんと腹立たしさは増していった。

彼女たちの声は、よく響いて、洗面所の中でエコーさえかかっている。

もし今ここで、ドアを開けて出ていったら、ふたりともどんな顔をするだろう。

でも、出てゆかない。彼女たちの本心を知らないことを装うことが、ひとつのテクニックになるからだ。

やがて、ふたりは洗面所を出てゆき、瑞子はトイレのドアを開けて鏡の前に進んだ。

鏡に映る自分の顔はひどく険しい。こんな間近で悪口を聞かされたら当然だが、眉間と口元のシワがやけに気になり、瑞子は指で思わず引っ張った。

「三十五をなめんじゃないわよ」

呟くと、ますます腹が立ってきた。

若さってものに、どれほどの価値があるというのだろう。肌の張りとかサラサラな髪とか、そんなものは誰もが持っていて、誰もがなくしてゆくものだ。

問題は中身よ。

なんて気恥ずかしくなるようなセリフを今さら言うつもりはないが、年が上であるということで、すべての勝負をひっくり返されたんじゃたまらない。

自分も二十三歳のときは、あんなに傲慢《ごうまん》だっただろうか。何もかもが勝ちだと思っていただろうか。

確かにシワもシミも増えたかもしれない。白髪だってぽつぽつ出始めた。けれど、瑞子はあのころよりも、今の自分のほうがずっと好きだ。

あのころの自分にとって、一喜一憂は目の前にあることばかりだった。まるで半径十メートルの範囲の中で暮らしていたようなものだ。無意識のうちにフェロモンを振り撒《ま》き、髪型もスカートの丈も、基準はいつも男たちに見られるということで決まり、自分の意志など女性雑誌の特集ですぐに翻《ひるがえ》った。

結局、彼女たちも同じではないか。

仕事にやる気も責任感もない。興味があるのは恋愛と結婚。話すことはファッションとブランドものと芸能人のスキャンダル。それとも新しいクラブ、話題のレストラン。そんなもの、人工甘味料だけで作られた栄養過多のお菓子みたいだ。

そんなものばかり口にしている彼女たちから、瑞子がもう女でないようなことを言われる筋合いはない。

「そうよ、冗談じゃないわよ、まったく」

瑞子は洗面台に手をつき、鏡の中の自分と睨《にら》み合った。

「このまま、引っ込んでいるつもり？」

吉沢千絵は表面上はそしらぬふりをしていたが、あれはどう考えても冴木行彦を狙っている。入社してからずっと彼女を見ているからよくわかる。どうやらライバルは小田ゆかりひとりと絞っているらしい。瑞子なんて、眼中にない。スタートに並べるはずがないとタカをくくっている。

だったら、やろうじゃないの。

あっちがその気なら、こっちにだって考えがある。

三十五歳がまだ現役バリバリの女だということを見せつけてやる。このまま引き下がったんじゃ沽券《こけん》にかかわる。

瑞子はポーチを開いて、口紅を取り出した。

ＯＬ定番のディオールのブルーピンク。

瑞子も例外ではなくそれを持っているのだが、もう一本の方を手にした。

サンローランのダークオレンジ。

この色は華やかさはないが、顔をぐっと引き締めてくれる。大人の色だ。

瑞子はリップブラシで丁寧に口紅を塗り始めた。

こんなに気合いを入れて口紅を塗るのは、久しぶりのような気がした。


だからといって、千絵に対して、露骨な態度に出るわけじゃない。

そんなことをするのは、初心者のOLがすることだ。むしろ、瑞子は以前より優しく接するようになった。

遅れがちな仕事は「いいのよ、確実にやってくれれば」、無駄話ばかりしているときも「いいわね、楽しそうで」。内心どれだけ「この能天気でこましゃくれ女が」と思いながらも、にっこりとほほ笑んでいる。

もちろんそれも計算があってのことだ。冴木行彦の目に千絵が無能に見えるように、瑞子が寛大な大人の女として映るように考えている。

先輩OLにいじめられている可哀想な私、なんてもので、冴木の興味と同情を引こうなんて手を使われては大損だ。

チャンスがあると、瑞子はさりげなく、冴木に話しかけた。

「海外の市場情勢で、あなたの経験からちょっとお聞きしたいことがあるんだけれど、いいかしら」

「今朝の経済新聞に載ってた景気の動向、冴木さんはどうお思いになった？　私は当分このままじゃないかと思うんだけど、悲観的すぎるかしら」

なんてことを。もちろん生意気にならないように。当たりもソフトに。女らしさを失わず。そして知的に。

冴木は入社したばかりということで、仕事にもリキが入っている。その手の話にはひどく熱心に乗ってきた。千絵の前で、彼の答えにまた質問で返す、というような高度なテクニックを使うときは、千絵は完全においてきぼりを食わされて悔しそうに黙り込んでいる。本当に気持ちよかった。

もうひとり、すぐそばには小田ゆかりという目障《めざわ》りな存在がいるが、彼女が冴木をモノにするのなら、それはそれで構わないと思っていた。いくら何でも、彼女と張り合う気にはとてもなれなかった。というより、小田ゆかりがいかにカラッポな女の子であるかは、瑞子もよく知っている。冴木が彼女を好きになるような男なら、たとえ意地が絡んでもこちらに向かせたいなんて気持ちはさっさと捨てる。

やはり張り合うには張り合うだけのレベルであってほしい。

千絵をそのレベルと考えるのも、少し悔しい気がするが、あのトイレでの会話を聞いた以上、やはり引き下がれないという気になるのだった。

それからしばらくして、瑞子は須崎部長に呼ばれた。

ドアをノックすると、中から声がした。

「どうぞ」

「失礼します」

瑞子は中に入り、須崎部長の前に進んだ。

「お呼びですか」

「うん。まあ、ソファに座って」

須崎部長は、役職をカサに着るような人じゃない。言葉つきもラフな感じだ。もちろん取引先とはそんなことはないが、部下と接するときは緊張感を持たせないように気遣ってくれる。

瑞子は言われたとおり、ソファに腰を下ろした。

須崎部長は書類にいくつかの印を押し、それから瑞子の向かい側にやってきた。

「仕事はどうだね。忙しいか」

まず質問された。

けれど、こういった曖昧《あいまい》な質問がいちばん難しい。瑞子は無難に答えた。

「忙しいことは確かですが、こなせない量ではありません」

「そうか、それならよかった」

それから須崎部長は背もたれに深くよりかかった。

「実はね、君に頼みたい仕事があるんだ」

「はい」

「その前に、口外無用ということを約束してもらいたい。信頼している君だから、大丈夫だとは思うが、今から話すことはとても大切なことなんでね」

瑞子は少し緊張して、背筋を伸ばした。

「部長がそうおっしゃるなら、そうします。会社員としてそれくらいの自覚は持っているつもりです」

須崎部長は満足そうに頷いた。

「そうか。では話そう。実は今、新しいプロジェクトを考えている。まだ具体化する前の段階で、下調べといったところなんだがね」

瑞子は膝《ひざ》の上できっちりと手を重ねて、部長の話に聞き入った。

「君は、うちの利益の大部分が何で占められているか知っているかね」

「ガソリンの販売です。年商の六二パーセントを占めています」

須崎部長は頷いた。

「うん、さすがによく知ってるね。しかし、世の中の動きとして、ガソリンに代わる燃料が求められるようになっている。ガソリンは窒素酸化物による大気汚染の原因になっているからね。環境破壊は今や世界的な問題だ。すでに経済産業省も国土交通省もメタノール車の普及に乗り出している。えっと、メタノール車のことは知っているかな」

「メチルアルコールで走る車のことですね」

「ああ、それだ。メタノール車はこれから大いに増えることになるだろう。ただ問題は燃料の供給だ。メタノールは天然ガスから作られるわけだが、まだまだ普及してない。つまり、これから需要が高くなる燃料というわけだよ。今こそ、ガソリンに代わって天然ガスの大幅な伸びが期待できるときがやってきたというわけだ」

話が進むにつれて、瑞子の緊張の度合いが増してゆく。

天然ガスからプロパンガスを製造し、それを小売店に販売する。それが第二販売部の仕事である。

しかし、ガソリンを受け持っている第一販売部とは大きな差がついていた。華やかさも存在感も違っていた。いわば、第二販売部は会社の中でも日陰の花のようなものだった。

かねてから、須崎部長がそのことに不満を持っていたのは知っていた。部下もみな、同じ気持ちだった。このメタノール計画によって、須崎部長が第二販売部の盛り返しを図ろうとしているのは当然のことと思えた。

「しかし、すぐにそれが実行できるわけじゃない。まずはその下準備としてさまざまな調査を行なわなければならない。実は、すでに何人かの僕の息のかかった者たちが動きだしているんだ」

須崎部長は何人かの名前を挙げた。須崎派と噂されている、優秀な社員ばかりだ。

「彼らのおかげで、データも集まっている。それで、君には送られてくる資料をまとめたり、僕と彼らとの連絡をとったりしてもらいたいんだ」

「それは私にもできるような仕事でしょうか」

「もちろんだよ。そんな難しく考えなくていい。むしろ雑用に近くて申し訳ないと思ってるくらいだ。けれど、いずれプロジェクトが本格的にスタートしたときには君にも一員として加わってもらいたいと思っているからね」

「本当ですか」

瑞子は思わず声を高めた。

「もちろんだよ」

本格的なプロジェクトに参加したことは、まだ一度もない。男女の差はないということで入社したものの、現実は甘いものではなかった。所詮は事務職に毛が生えた程度の扱いでしかなかった。それで失望して辞めていった同僚もいる。男性社員がバリバリと働く姿を見て、羨ましく思っていた。

やりたいと思った。

「ただ、君の仕事量が増えてしまうことになるが、その辺りはどうだろう」

「何とか調整します」

瑞子は答えた。少しぐらい仕事が増えることなどどうということはない。むしろいいチャンスだ、この際、千絵に少し仕事を移してしまおう。

「そうか、じゃあ頼んだよ」

それから、須崎部長は口元をきゅっと引き締めた。

「しつこいようだが、これはあくまで内密なので口外しないように頼むよ。君のことは、課長と話が通じているが、他の者には僕の秘書的な仕事をするということにしてくれればいい。ちょうど今、僕には秘書がついていないからね」

「わかりました」

これにはたぶん、次期の重役選問題が絡んでいるのだろう。須崎部長と第一販売部の早坂部長との水面下での確執は、社員ならたいていの者が知っていた。

部長室を出ると、瑞子はホッと息をついた。

部長に特別な仕事を頼まれるというのは、とてもいい気分だった。仕事の内容もかなり詳しく説明を受けたし、こういった形は瑞子に「仕事をしている」という意識を高めさせてくれる。

まだまだ会社の中には「女は黙って言われたことをやっていればいいんだ」という風潮があり、内容の説明を求めても面倒くさそうにいい加減な返事をされることが多い。瑞子は洋々とした思いが身体に湧いてくるのを感じた。

デスクに戻ると、木村主任がにじり寄ってきた。

「部長から直接呼び出しだって？　何だったの？」

ツバが飛ぶから寄るな、と思う。

「大したことじゃないです」

瑞子はいくらか身体を斜めにして避けた。

「おや、秘密？」

木村主任が怪訝《けげん》な顔つきになる。すぐこれだ。男性社員というのは、女性社員以上に聞きたがり、知りたがりだ。特に、自分の上司の動向に対してはアンテナが敏感に反応する。サラリーマンの習性として、知らないことがあるとひどく不安になるらしい。

もちろん瑞子はごまかした。

「秘書的な雑用をしてほしいって言われたんです。今、秘書がついてないのは須崎部長だけですから。ここのところ忙しくて、メールひとつ開けるのも時間がもったいないそうなので」

「ふうん、秘書ね。専任？」

「いいえ、手のあいたときでいいということでした」

「なるほどね、ま、頑張るんだね」

瑞子は席に戻っていこうとする木村主任を呼び止めた。

「あの、今、私が持っている仕事なんですけど、少し吉沢さんに任せてもいいですか」

木村主任は振り向き、ソリ残しのヒゲを指でなでた。仕草がどことなく女っぽくて気持ち悪い。

「うーん、そうだなぁ、ま、いいんじゃないの。僕の仕事にさえ影響がなければ」

「じゃあ、そうさせてもらいます」

いつもコレだ。上司は女性社員の仕事なんかにほとんど興味はない。面倒なことが自分に降りかかりさえしなければ、それでいいという考えだ。

その日は午後いっぱい時間をかけて、瑞子は千絵に渡せそうな仕事をいくつかチェックした。今年は小田ゆかりも入社している。手は足りているはずだ。

ふと顔を上げると、千絵と冴木がデスク越しに話しているのが目に入った。

やけに楽しそうだ。何だか知らないけど、最近あのふたり、やけに親しくなったような気がする。

トイレでの一件が思い出され、また腹が立ってきた。

瑞子はファイルを手にして、千絵に近づいた。

「お話し中、ごめんなさい。吉沢さん、ちょっといいかしら」

穏やかなほほ笑みを浮かべて、会話の中に割り込む。千絵が一瞬、不快そうな表情を浮かべる。

「もちろん、どうぞ」

冴木が遠慮する。

「あら、気にしないで、すぐ済むから」

瑞子は言い、ファイルを千絵の机に置いた。

「申し訳ないんだけれど、私の仕事をいくつかあなたに受け持ってもらいたいの。とりあえず、これに目を通しておいてもらおうと思って」

「はい……」

千絵は受け取ったものの「なぜ?」といった目で瑞子を見上げた。

それに瑞子は余裕ある態度で答えた。

「実は、部長からじきじきに仕事を頼まれてしまったの。そっちが少し忙しくなりそうだから、申し訳ないけどお願い。木村主任にも了解はとってあるから」

部長からじきじきに、というところはさりげなく強調した。冴木がふっと目を向けるのがわかった。

「じゃあ、お願いね」

それから瑞子は、冴木に笑顔で言った。

「ごめんなさいね、割り込んじゃって。お話、続けて」

くるりと背を向けて、席に戻った。すごく気分がよかった。気楽な腰掛けＯＬをやっているあなたとは、所詮ランクが違うのよ、というところを冴木の前でまざまざと見せつけてやったという感じだった。

千絵の仏頂面《ぶっちょうづら》ときたらなかった。デスクで下を向き、瑞子は笑いをこらえた。

これでもう十分だった。

こんな馬鹿馬鹿しいこと、これでもうおしまいだ。

一回りも下の千絵にムキになるということは、相手と同じレベルに下りてしまうことでもある。

新しい仕事が始まるのだ。部長に信頼されて任されたのだ。もう、そんなくだらないことに構っていられない。

緊張感が瑞子を久しぶりに弾ませていた。


金曜の夜。

史郎と待ち合わせて食事をし、その後、瑞子のマンションにやってきた。

外で会うのは気疲れだった。いつ誰に見られるかわからない。社内不倫がバレると、男は転勤、女は退職、というパターンがほとんどである。

史郎がバスを使っているとき、電話が掛かってきた。

「お義姉《ねえ》さん、広子です」

「あら、どうしたの」

広子は弟の妻で、今、三鷹《みたか》の実家で両親と同居している。一年前に子供が生まれ、出産後、広子はすぐに職場に復帰した。子供の面倒は母がみている。どうやら最初からその心づもりでの同居だったらしい。

「今度の日曜日、瑠香《るか》の誕生日パーティをするので、お義姉さんにもいらしてもらおうと思って」

「そう、もう一歳になるのね、瑠香ちゃん」

姪《めい》はそれなりに可愛いと思うのだが、瑠香という名前を聞くたび違和感を覚える。どうしてもっと、普通の名前をつけられないのだろう。それじゃまるで成金が悪趣味なアールデコのソファで飼っているチンチラのようだ。

「ごめんなさい、その日はちょっと都合が悪いの」

「あら……」

「プレゼント、送るね。何がいい？」

「そんなの、気を遣わないでください。でも、最近お義姉さんちっともお顔を見せてくれないんですもの。お仕事、忙しいでしょうけど、たまには遊びにいらしてください。お義父《とう》さまもお義母《かあ》さまも心配していらっしゃいますし」

「ありがとう。今度、寄るわ」

「そうですか、じゃあ」

七歳下の弟の妻から優しい声で「来い」と言われると、なおさら行きにくくなる。でも、彼女にはそれがわからない。

三年前、弟の結婚を機に瑞子は家を出て、このマンションに入った。賃貸ではなく分譲の１ＬＤＫ。毎月家賃並みのローンで済むのは、頭金を両親が払ってくれたからだ。弟夫婦と同居することで、どこかしら両親も後ろめたい気持ちだったのだろう。将来、三鷹の実家の相続を争わなくて済むようにとも考えたのかもしれない。

最初のころは、実家にちょくちょく顔を出した。けれど日がたつにつれ、自分の居場所はなくなっていた。部屋も食卓の位置もお客扱いになった。そこはすでに落ち着ける場所ではなくなった。

家族。それは三年前まで両親と弟と瑞子のことだった。でも今は、両親と弟夫婦と瑠香がそうだ。

家族の中にもう馴染めない自分がいる。その喪失感が瑞子を寂しくさせるときもある。

「君も入ったら」

史郎がピンクのバスローブを羽織ってリビングに入ってきた。ちぐはぐな格好にいつも笑ってしまいそうになる。もちろんそのバスローブは瑞子のものだ。

史郎は自分の襟元をつまんで言った。

「あのさ、できたら僕のパジャマ、置いてもらえないかな。ついでに下着と靴下と歯ブラシもあると便利なんだけど」

「ダメよ」

瑞子はひと言で言った。

「それが主義なの。前にも言ったでしょ」

「うん……」

何か言い返すかと思ったが、史郎はそれ以上何も言わず、キッチンに入って冷蔵庫から缶ビールを取り出した。

瑞子はバスルームに向かった。

これでまた、史郎を嫌いになれると思った。

パジャマを置いてくれと言った史郎をじゃない。置かないと言う瑞子に、それ以上何も言えない史郎をだ。昔はもっと強引にそれを言いつける男だった。

終わりに向かうための恋。

もう少しだ。

もう少ししたら、何の躊躇《ちゅうちょ》もなく、瑞子は史郎を切り捨てることができる。あのとき、史郎が瑞子をそうしたように。

ベッドの中の史郎はひどく几帳面《きちょうめん》に瑞子を抱く。愛撫《あいぶ》に手を抜くこともない。爪の先までも身体の奥までも。瑞子はただ快楽だけを味わえばいい。

そして終わった後、満ち足りた肉体と、少し虚《むな》しい心を持て余しながら、肩で息をする。

そんなとき、瑞子は自分が女ではなく、男になったような気がした。もし、男が女に対して征服感を抱くときがあるとすれば、それに似ているのかもしれない。

汗ばんだ身体を離し、史郎がベッドサイドのミネラルウォーターのボトルに手を伸ばした。

「今度、須崎部長の仕事を手伝うことになったんだって?」

喉を鳴らしながらそれを飲み、史郎が尋ねた。

「よく知ってるのね」

「情報は早いよ。特に今は、須崎部長と第一販売部の早坂部長の重役選問題が注目の的だからね。ちょっとでも動きがあると、社内を駆け回る」

「仕事って言ったたって雑用よ。メールの開封とかスクラップとか、秘書の代わり」

瑞子は木村主任に言ったのと同じことを言った。

「だったらいいけど」

「あら、どうして？」

「面倒なことに巻き込まれると大変だからな」

史郎は顔を向けて、まじめな口調で言った。

瑞子は小さく笑った。

「面倒なことって何？」

「上司の出世の競争にかかわりたくはないだろう」

「それもいいじゃない、かえっておもしろいわ。企業小説みたいで」

瑞子ははぐらかしながらいっそうわくわくした。

自分の任された仕事が、もしかしたら組織を動かすことになる可能性も含まれている。

瑞子はベッドに潜り込んだ。

月曜にしなくてはならない仕事の段取りを少し考えた。

それから心地よい疲労感に包まれながら眠りについた。


月曜日。

残業で仕事を八時ごろに終え、瑞子は駅に向かって歩いていた。

「川原さん」

不意に呼ばれて、振り返ると、冴木が立っている。

「あら、どうしたの？」

「あの……もし時間があるようだったら、夕食に付き合ってもらえませんか？　ひとりで食べるのも味気なくて」

おずおずといった感じで、冴木が誘いをかけてきた。

その態度がまるで高校生のように純情ぽくほほ笑ましかった。こんな誘われ方をしたのは久しぶりのような気がした。

もうくだらない意地は捨てていた。千絵とくっつくならそれで構わないとも思っていた。

けれどそれとは別に、どうせ瑞子もひとりの夕食なのだ、誰かと一緒のほうが楽しいに決まっている。それに、目の前にいる冴木は若くてハンサムだ。意地とは関係なく、彼と食事をするのも悪くない。

瑞子は頷いた。

「私でよかったら喜んで」

「よかった」

無邪気に表情を崩す冴木は、確かに八歳年下だった。

ふたりはビル街の地下の和食屋に入った。

それぞれに定食を頼み、ビールを注文した。

「もっとちゃんとした場所に誘うべきなのに、すみません」

恐縮したように冴木が言う。

「ううん、こういうところすごく好きよ。健康にもやっぱり和食はいちばんだもの」

慰めなどではなく、瑞子は言った。実際、最近ではソースものから醬油《しょうゆ》ものに好みがすっかり変わっていた。

食事が運ばれてきて、それぞれに箸《はし》を手にした。

「おいしい」

秋刀魚《さんま》に程よい脂が乗っている。

瑞子の言葉で、冴木もようやくホッとしたようだった。

「誘っていいものか、すごく迷ったんだけど、思い切って声をかけてよかった」

「そう？」

瑞子は箸を止めて、顔を向けた。

「だって、僕なんかが誘ったら叱られそうな気がして」

「私って、そんなに怖いかしら」

「怖いんじゃなくて、そうだな、ちょっと近寄りにくいって感じかな。だって、川原さんから見れば僕なんか子供だろうし、相手にしてもらえないような気がして」

その言葉はかなり瑞子の自尊心をくすぐった。

「そんなことない。冴木さんは仕事に熱心だし、視野も広いし、私のほうこそいつも教えてもらってるじゃない」

「そんなふうに言ってもらえると嬉しいけど」

それから冴木はふっと目を細めた。

「じゃあ、これからときどき誘ってもいいですか？」

瑞子は視線をはずし、味噌汁をかき回した。

冴木はいったい何を言いたいのだろう。これじゃまるで付き合いたいと申し込んでいるように聞こえる。

けれど、すぐ自惚《うぬぼ》れてしまうほど短絡的ではないつもりだ。勘違いをして、恥をかくのはこちらのほうなのだ。

瑞子は冗談にすり替えた。

「でも、私みたいな年上なんか誘うより、もっと若い女の子と一緒のほうが楽しいんじゃないかしら」

すると冴木はムッとしたように唇を尖《とが》らせた。

「僕は女性を年齢で考えたことは一度もありません。年には関係なく、魅力的な人は魅力的でしょう。川原さんのような人が、そんな言い方するのおかしいですよ」

そんなストレートな言葉が、瑞子をひどく心地よくさせた。言ってほしい、と思っていることを、的確に言われたという感じだった。

悪くない。

そう思った。

こういうの、悪くない。

つまらない意地を捨てたところだった。新しい仕事に燃え始めたところだった。こんなものなのかもしれない。捨てたときに始まる。無欲になったとき転がり込んでくる。それも重なって。

瑞子は顔を上げ、とっておきの笑顔で答えた。

「ありがとう。嬉しいわ」

冴木はくしゃりと顔を崩した。

それから、もう一軒回った。食事だけのつもりだったが、冴木の少し強引な誘いについ乗っていた。

そこは静かなカウンターバーだった。

「誰にも教えてない、僕のとっておきの場所なんですよ」

と言われると断われなかった。正直言うと、断わる気なんかなくなっていた。

「川原さんって、須崎部長からずいぶん信頼されているんですね」

冴木はバーボンのグラスを傾けながら言った。

「そんなことない。長く勤めているだけのことよ」

瑞子はブランデーを炭酸で割っている。

「でも、部長から特別な仕事を頼まれているんでしょう」

「秘書的な雑務よ。最近、秘書が辞めたの。補充するのに時間がかかるらしくて、そのつなぎよ」

誰にも何度も言ったことを繰り返した。

「僕、この部に配属になってからまだ間もないけど、須崎部長の人間的な魅力はさすがだなって気がしてるんです」

「そう? そう言ってもらえると嬉しい。私も同じ気持ちだから」

「聞いたんですけど、今、第一販売部の早坂部長と、次期重役の椅子をめぐって戦いが行なわれているんですってね。僕は絶対に須崎部長になってもらいたいな」

そのことは、やはりもう誰もが知っているようだ。瑞子は少し慎重になって尋ねた。

「どうしてそう思うの?」

「第一販売部の早坂部長っていうのは、いつも自分の利益になることしか考えない人ですよ。あんな人が重役になったら、先が思いやられる」

「知ってるの、早坂部長のこと」

「ええ。前にいた会社で、少しばかり早坂部長と仕事でかかわったことがあったんです」

「あら、そうなの」

「そのとき、難題をたくさんふっかけられて困りましたよ。それも仕事の問題というより、ほとんど気分次第なんですね。提案や要求がコロコロ変わって手こずったのなんの」

「察しがつくわ」

「だから、この会社に入社が決まったときも、早坂部長の下にだけはつきたくないって思ってたんです。ホッとしましたよ、違うって聞いたときは」

冴木の真剣な言い方に、瑞子は思わず苦笑した。

「うちの部でよかったわね」

「ええ、本当によかった」

それから冴木は頬を少し引き締めた。

「僕にも、何かお手伝いすることがないでしょうか」

「え……」

「川原さんは秘書的な仕事だって言ってるけど、本当はもっと別の仕事なんでしょう。

重役選に向けて、須崎部長、何か考えていらっしゃるんでしょう」

「さあ、私は知らないけど」

瑞子は顔をそらし、グラスを手にした。

「僕みたいな新参者がこんなこと言うのは生意気かもしれないけど、川原さんの役に立ちたいんです。これでも海外で仕事をして、現場もよく見たし視野も広めたし、少しは役に立つんじゃないかと思うんです」

「ええ、そりゃあ……」

瑞子は困惑していた。どう答えればいいだろう。下手に何か言えば、瑞子の仕事を認めてしまうことになる。

「須崎部長は、どんな作戦を練ってるんですか」

瑞子は顔を上げた。

冴木がまっすぐに見つめている。

その表情には真摯《しんし》さが表れていた。冴木は一生懸命なのだ。その気持ちがわかるだけに、瑞子はいっそう困り果てた。

「あのね、冴木さん」

「はい」

「あなたは少し誤解してるみたい。私は本当にただの雑用しかしていないの。重役選のことなんて、何も知らないの」

残念そうに唇を結ぶ冴木。

何だか少し可哀想になった。

「でも、いつか力を借りることがあるかもしれない。そのときはよろしくね」

これくらいのことなら言っても構わないだろう。確かに冴木は知識も豊富だし、海外経験も十分だ。もし、メタノール計画が具体化するときが来たら、冴木の存在はきっと役に立つ。瑞子のほうから須崎部長に推薦したっていい。

ふっと、冴木が頭を下げた。

「どうも、すみません」

「どうしたの」

瑞子は驚いて、目を丸くした。

「ヤボですよね、せっかくの夜なのに仕事の話ばかりするなんて。これで川原さんに嫌われちゃったかな」

「ううん、気にしてないわ」

「本当はもっと別のことを話したかったんです。映画のことや、本のことなんか。よし、やり直しだ。今からが本番のデートということにしましょうよ」

まるで子供のように冴木は言った。

デートという言葉がちょっと引っ掛かった。でも甘い味がした。

結局、その夜、ふたりで遅くまで飲んだ。

それから、冴木はいっさい仕事の話はしなかった。

何だかすっかり冴木のペースに巻き込まれてしまっていた。

けれど、気分はよかった。久しぶりにたくさん笑った。たくさん喋った。瑞子は楽しんでいた。

5 千絵、八杯目の水割り

千絵は五時きっかりにオフィスを出た。

ロッカー室で急いで着替え、駅へと向かう。

バッグの中には三十万円が入っていた。今日の昼休み、定期をひとつ解約してきたのだ。

もちろんそれは、司に貸すためのお金だ。

この一週間いろいろ迷った。最初はどうしてもお金を貸すということにこだわりがあった。ふたりの間が貸借の関係になってしまうことに対してだ。

ケンカしたとき、心の中でふっと「私からお金を借りてるくせに」と思うかもしれない。司のほうでも、借りているという卑屈さが、千絵を素直に受け入れられなくするかもしれない。

そんなことを繰り返し考えながらも、こうして三十万円を用意したのは、やっぱり司がまだ好きだからだと思う。

今、冴木に惹《ひ》かれている自分が確かにいる。もしかしたらこれをきっかけに、司とは別れてしまえばいいのかもしれない。

でも、こうした相手の窮地に別れでケリをつけるやり方はしたくなかった。あんなに好きだったときもあったのだ。

できることはしてあげたい。それは恋人としてというだけでなく、友人のひとりとしてそう思う。

司のアパート兼劇団事務所は、中野にある。

電車を降り、狭い道をいくつも曲がり、路地の奥に入ると、古い木造二階建てのアパートが見えてくる。部屋は六畳と四畳半。トイレはあるが、お風呂はない。

ここにはかつて何度か来たことはあるが、最近はもうほとんどない。司と付き合い始めたころは、劇団の人たちとも仲良くなりたいと思う気持ちがあって頻繁に顔を出していた。しかし、女性の劇団員たちにあまり歓迎されていないことを感じてから、やめてしまった。よそ者という目で見られながら、笑顔で居座れるほど無神経ではなかった。

ドアをノックすると、知らない若い男の子の声がした。

「開いてるよぉ」

千絵は顔を覗かせた。

「司、いるかな？」

寝転がっていた男の子が、上半身を起き上がらせた。

「司なら、客が来て近くの喫茶店に行ってるけど」

「そう、それどこにあるの？」

「大通りに出て、ガソリンスタンドの二軒隣り」

「ありがとう」

千絵は喫茶店に向かった。早く届けたかった。司は期限が十日と言っていた。たぶん、まだ都合をつけに飛び回っているにちがいない。

喫茶店のドアを開けると、奥のほうに司の姿が見えた。

近づこうとして、千絵はふと足を止めた。

向かいに座っているのが、司には不似合いな女性だったからだ。三十代の後半ぐらいだろうか。ゴールドの大きなイヤリングと、深紅の口紅がやけに目立っている。劇団の女性でないことは、雰囲気ですぐにわかった。

彼女はまさに「女」という感じだった。周りの者を圧倒するほど強烈な個性を振り撒き、自信に溢れた存在感があった。

彼女がタバコを取り上げた。すると驚いたことに、司がそれに火をつけた。そんなことをする司を見るのは初めてだった。

司がふっと顔を上げて、千絵を見つけた。

「あれ、どうしたんだよ」

「うん、ちょっと……」

千絵は彼女の視線を感じて、俯《うつむ》き加減に答えた。

「あら、司くんの恋人？」

その女性が言った。タバコの煙が、小さな螺旋《らせん》を描いて昇ってゆく。

司はその人に慌てて釈明した。

「まさか、そんなんじゃないですよ」

「いやね、ムキになっちゃってる。可愛いんだから」

「やだなぁ、からかわないでくださいって。すみません、ちょっと失礼」

妙にその言葉に媚《こび》を感じた。司は立って千絵の背を押し、喫茶店の外へと連れ出した。

「何だよ、急に。用事か？」

司は迷惑そうに見えた。

「この間言ってたお金、持ってきたの。司の希望どおりじゃないけど」

千絵はバッグの中から銀行の封筒に入った現金を取り出した。

「三十万ある。使って、まだ間に合うでしょう」

司は「参ったな……」と髪の中に手を突っ込んだ。

「いいの、遠慮しないで」

「もう、いいんだ」

「えっ……」

千絵は思わず顔を上げた。

「何とか都合がついたから」

「だって」

「いいんだって、本当に」

千絵の頭にふっとある思いが浮かんだ。

「もしかして、あの人が出してくれたとか？」

司はしばらく居心地悪そうな顔をしたが、やがては頷いた。

「ん……まあ、そういうことだ」

「そんなの断わればいいじゃない。知らない人に借りるより私から借りたほうが司も気が楽でしょう。三十万円で足りないなら、あとも何とかするから」

千絵は引っ込みがつかないような気持ちになって言った。

「無理するなって。あの人が出してくれるって言うんだからそれでいいじゃないか。俺、本当言うとホッとしてるんだ。その三十万、千絵にとっては大金だろう。考えてみたら、図々しい頼みだったよな」

「あの人はいくら出してくれたの」

「まあ……百万ほど」

「そんなに……」

「あの人にとってはほんのはした金だから」

「何をしてる人？」

「アパレル関係の会社をやってるんだ。衣裳の生地を安く譲ってもらいに行って知り合った」

千絵は思わず顔をそらした。

「私、何かいやだな。司があんな人からお金を借りるなんて」

最初見たときから、好きになれなかった。千絵を見たとき、ちらりと蔑《さげす》みの色を滲ませたような気がした。

それに「恋人？」と聞かれて、司が慌てて否定したことにもいくらか傷ついていた。

「あんな人ってことはないだろう。俺たちの窮地を救ってくれた人なんだから」

「あの人、司のこと、まるでお金で買ったような顔してた」

さすがに、司はムッとした。

「バカなこと言うなよ」

千絵の心がシンと冷えてゆく。

司は早く話を切り上げて、中に戻りたいようだった。

「とにかく、金のことは心配しなくていいから、今日のところは帰ってくれよ。また、電話する」

「どうしても、あの人から貰《もら》うのね」

「貰うんじゃない、借りるだけさ」

「借りるだけで、司はタバコに火までつけたりするの。まるでホストクラブのホストみたい」

今度は、司の顔にはっきりと不快感が広がった。司は声を荒らげた。

「ああ、そうか。わかったよ。そう思いたいなら勝手に思っていればいいだろ。ごちゃごちゃ言われるのはたくさんだ。いったいどこにいるんだよ、ポンと百万もの金を出してくれる人が。タバコに火をつけるぐらい、俺は平気だね。百本でも千本でもつけてやるさ。じゃあな、俺は行くぞ」

そして司はくるりと背を向けて、喫茶店の中へと戻っていった。

千絵は封筒を手にしたまま、しばらく立ち尽くしていた。

最悪だった。

こんなつもりじゃなかったのに。

でも、司があの人のタバコに火をつけているところを見た瞬間、ひどく嫌悪を感じた。媚びている司なんて見たくなかった。幻滅だった。

言い過ぎたことはあったにしても、千絵は追いかけて謝る気にはなれなかった。三十万円を持ってきた千絵の思いを、司はまるで理解してくれようとしなかった。千絵は千絵なりに一生懸命悩んだのだ。その結果、決心したのだ。千絵にとっては大金だった。

なのに、司には百万をポンと出す女のことしか頭になかった。千絵に頼んだことさえ忘れていた。

千絵は封筒をバッグの中に戻した。何かが、小さな音をたてて崩れてゆくのを感じた。千絵は駅に向かって歩きだした。地面に足を叩きつけるように歩いた。

もう、いい、司のことは。

このまま付き合っていても、将来なんて見えやしない。

千絵は結婚したいと思っている。相手は両親にも、友達にも堂々と紹介できるような人であってほしい。司ではそれは無理だった。だいいち、現実問題として、結婚生活を送れるような経済的基盤も精神的安定もない。

そんなものを拒否して生きるのが司のやり方なのだ。そしてそれはいつまでということではなくて、たぶんずっと。

もう、区切りをつけなければ。

千絵は心に決めるのだった。

司とは終わりにしよう。そして、結婚したいならそれにふさわしい相手を探そう。

それは狡《ずる》い考えではないはずだ。女として当然のことだ。一生の問題だ。感情に押し流されるよりも、じっくり相手を選ぶことは、つまり賢い選択だ。

そんなとき、思いつく対象はやはりひとりしかいない。

冴木行彦。

彼なら誰もケチをつけられやしない。あんな条件の揃った人はいない。そればかりでなく、優しくて大人で将来性も十分備わっている。

冴木とは、あの突発的なデート以来、よく話をするようになっていた。

小田ゆかりがまだしつこくキャピキャピとまとわりついているけれど、見るかぎり冴木は興味なさそうな表情をしている。

他の部署の女の子たちもいろいろ騒いでいるけれど、これといって積極的に迫る度胸のある子はいないし、冴木のほうもその気はなさそうだ。

つまり、今のところ彼のいちばん近くにいるのは自分なのだ。

ここら辺りで、もう一度、ダメ押しをしておいてもいいのではないかと思う。

もう、男からの告白を待つだけの時代は終わった。女のほうから積極的に出るのは恥ずかしいことじゃない。どの女性雑誌にも書いてある、「やるだけのことをやらなければ、後悔するばかりだ」と。ボヤボヤしてたら、小田ゆかりが捨て身の作戦に出てくるかもしれない。いくら冴木が迷惑がっても、誘われたらついその気になってしまうことだってあるだろう。そんなことになったら後の祭りだ。

そうよ、やるわ、やるなら今よ。

千絵は自分にハッパをかけるのだった。

その日、冴木の残業に合わせて、千絵も八時近くまで付き合った。

もちろん、帰りに何とか冴木を誘いたいという気持ちがあってのことだ。

そろそろ、冴木が帰り支度をし始めたと思うころ、千絵はいち早くロッカー室に入り、着替えを済ませて表に出た。

通り道、途中のビルの陰に隠れていて、冴木が出てきたら偶然を装って顔を合わす。その心づもりで、秋風が冷たく吹く中、千絵は待っていた。

そこに、川原さんが出てきた。

千絵は慌てて身を隠した。そう言えば川原さんも残業だった。こんなところを見つかったら大変だ。何を言われるかわかったもんじゃない。

ここのところ、川原さんが以前にもまして意地悪になっているような気がしてならない。面と向かっての言葉や態度は普通なのだが、そのはしばしに棘《とげ》を感じる。冴木と話しているときは、わざと難しい会話をしかけてきたりする。

あれも一種の嫉妬《しっと》なのだろうか。冴木のことというより、千絵の若さに対する八つ当たりとかヒガミ根性かもしれない。三十五歳ともなれば、そんな感情からはとっくに卒業しているとばかり思っていたが、やっぱり、川原さんもまだ女なのだろうか。

川原さんをやり過ごすと、すぐに冴木が姿を現した。

千絵は自分にカツを入れた。

今日は絶対に決めるつもりの意気込みだった。少なくとも、次のデートを約束できるくらいにまでは進展させなければと心に決めていた。

冴木が足早にこちらに向かってくる。

彼が前を通り過ぎたとき、千絵は背後から声をかけようと柱から飛び出した。

そのときだ。冴木は前を歩く川原さんを呼び止めた。

「え……」

千絵は驚き、慌ててまた柱の陰に身を隠した。

ふたりは立ち止まって、二言三言言葉を交わした。それから肩を並べて歩き始めた。

これは計算違いだった。まさか冴木が川原さんに声をかけるとは思ってもみなかった。

駅まで一緒に行くつもりだろうか。だとしたら、チャンスはなくなってしまう。しばらく、どうしようか迷った。今夜はあきらめて帰ることにしようか。けれど、ふたりは途中で別れるかもしれない。ここまで待っていたのだ。気合いだって入っている。このまま帰ってしまう気にはどうしてもなれなかった。

千絵はしばらく後をつけてみることにした。

ふたりはなかなか別れない。それどころか、駅に向かう道からそれて、途中の和食屋に入っていく。

何なの、それ。どういうことなの……

千絵はしばらく、ぼんやり立ち竦《すく》んだ。

ふたりで食事をするつもりなのだろうか。誘うために、冴木はわざわざ川原さんに声をかけたのだろうか。

そんなことありえない、と思う。

だって、川原さんは冴木より八歳も年上なのだ。あんな年上の人を、冴木が女として見るはずがない。

いや、年上で、女として見てないからこそ気軽に誘えるってこともある。もしかしたら、誘ったのは川原さんのほうで、たまたま声をかけた冴木は、成り行き上、断われなかったのかもしれない。

千絵は決して認めたくなかった。

ふたりが男と女としてなんて。そんなわけはない。あってたまるもんかという気がした。

けれどそのとき、ひとりの女が思い浮かんだ。司にお金を出したあの女だ。

あの人は、たぶん川原さんより年上だろう。でもあの人は「女」だった。強烈なまでにそれを感じた。それに司もあの人を女として扱っていた。

年上の女。

千絵はそのとき、初めて気づいた。

男なんて、若いほうが好きに決まってると思っていた。若いということは、何にもまして価値のあるものだと思っていた。

でも、そうじゃないのかもしれない。

侮《あなど》っていた。軽く見ていた。何を根拠に、何を基準にそんなことを信じていたのだろう。結局、自分の傲慢《ごうまん》な思い込みだけではないか。

千絵はしばらく動けなかった。

秋の風が急に身にしみた。

その週末、千絵は人事部の恭子と飲みに行った。

むしゃくしゃしてしょうがなかった。

司を突っぱね、冴木に乗り換えようとしたとたん、大きなしっぺ返しをくらったような気がしていた。

あれから、川原さんと冴木は一挙に距離を縮めたようだ。オフィスで、ときどき、視線を交わしたりしているのが目につく。

そのたび、歯痒《はがゆ》さでイライラした。どうしてと思ってしまう。八歳も年上の、もうオバサンに近い川原さんなんかのどこがいいの、と。

こんなことなら、小田ゆかりに取られたほうがまだマシだ。そうしたら自分を「やっぱり、男って若いほうがいいのよね」とそれなりに納得させられるのに。

「お代わり」

千絵はバーテンにカラのグラスを差し出した。

恭子があきれたように顔を向けた。

「ちょっと、いい加減にしときなさいよ。後でどうなっても知らないから」

「いいわよ。私のことなんか放っといて」

七杯目の水割りだろうか。その前にビールを大ジョッキで二杯あけている。酔っているのは自分でもわかった。

恭子がピスタチオを口の中に放りこみながら、ため息をついた。

「いったい何があったの。こんなに荒れちゃって。ミスでもした？　んなわけないか。ミスでやけ酒飲むほど仕事に情熱かけてたら、もう少し先輩に可愛がられてるよね」

「その先輩のことが原因」

恭子は「あら」という顔をした。

「川原さんと何かあったの？」

千絵は身を乗り出し、思わず恭子の腕を掴んだ。

「ね、恭子。私と川原さん、どっちが魅力的だと思う？」

「何よ、いきなり」

突然の質問に、恭子は目をしばたたいた。

「いいから、答えて」

「そんなの、決まってるじゃない。川原さんは一回りも年上で、現役の女から引退したような人よ。早い話が問題外。誰がどう見ても、千絵のほうに決まってる」

千絵はうなだれて、自分のグラスを見つめた。

千絵の反応に恭子は首をかしげた。

「何なの、いったい」

「私もそう思ってた。でも違うの、あの人もまだバリバリの女なのよ」

「はあ？」

「この間ね、ふたりが一緒に食事に行くのを見たわ」

「ふたりって誰と誰」

「川原さんと冴木さんよ」

「へえ……」

「冴木さん、いったい川原さんのどこがいいんだろう。あんな年上で、理屈っぽくて、仕事はできるかもしれないけど、その分ギスギスしてて、おなかの中では何を考えているのかわかんないような人のこと」

恭子は真剣に身を乗り出した。

「ね、本当に、冴木さんと一緒だったの？」

千絵は大きく頷いた。

「うん、この目でしっかり確かめたもの」

「なるほど。でも、たった一度のことでしょう」

「そうだけど、あれからふたり、オフィスでもよく話すようになったの。この間もね、何だか知らないけど、コソコソ耳打ちしあってた」

「ふうん……」

恭子は唇を尖らせて、腕組みをしながら考え込んだ。それからやけに落ち着いた表情で、ゆっくりと顔を向けた。

「で、千絵はこのまま、黙って引き下がるつもり？」

「だって……」

「目当ての人を一回りも年上の女に取られちゃって、それで平気？」

「平気なんかじゃない」

千絵は怒ったように言い返した。

「だったら取り返しなさいよ」

恭子はあっさりと言った。千絵は上目遣いで彼女を見た。けしかけられても、そう簡単には乗れない。痛い目にもあいたくない。

「どうしたの？」

「正直に言うけど、私、一度デートしたの、冴木さんと」

「あら、やることちゃんとやってるんじゃない」

「でも、私から誘ったデートなの。それから何もないの。普通はそのお返しにって誘ってきて、それで付き合いが始まるわけじゃない。それがないってことは、私は冴木さんの眼中にないってことなのよ。自信ない。冴木さんをこっちに向かせるなんて」

「自信のあるなしなんて、この際、問題じゃない。こうなったらやるしかないのよ。意地でも奪い返さなきゃ二十三歳が泣くってもんよ。一回りも年上の女に負けたなんてことになったら、千絵、立ち直れる？」

千絵はぶるると首を横に振った。

「でしょう」

「でも、どうすればいいの」

「また、千絵から誘えばいいじゃない」

「あの時は、はずみで」

「じゃあ今度もはずみなさいよ。理由なんて何でもいいのよ。とにかくデートに誘い出すの。そして、今度は身体を張るぐらいの気持ちでぶつかるの。酔った振りして、ホテルに連れこんじゃうの」

やけに恭子の声にはリキが入っている。

「それはちょっと」

「何言ってるのよ。そんなことで躊躇《ちゅうちょ》していてどうするの。最近の男は優しすぎて、ホテルに誘うにもビビッたりするの。下手したら、川原さんに先を越されちゃうかもしれないわよ。あっちが捨て身で迫って、実績でも作られたらどうするのよ。その前に、こっちが何とかモノにしなくちゃ」

恭子の迫力にいささか気圧《けお》されながら、千絵は頷いた。

「うん、それもそうね……」

「いい、千絵、やるのよ、絶対やるの。これはね、冴木さんのためでもあるのよ。年上女の毒牙《どくが》から守ってあげるってことなんだから」

恭子の意気ごんだ目を見ていると、千絵にも何だか力が湧いてきた。

「そうね、うん、やるわ、私、ぶつかってみる」

「よし、その意気よ」

そして、千絵は八杯目の水割りをお代わりした。


月曜日、冴木がデスクに座っているのを確認してから、千絵は廊下に出た。そして携帯電話から、彼のデスクに電話を入れた。

「あの、吉沢です」

名乗ると、冴木は一瞬、面食らったようだった。

「どうしたの、外線なんか使って」

「直接顔を合わせてだと、ちょっと言いにくくて」

「何？」

「実は相談に乗ってもらいたいんです」

「相談って？」

「あの……川原先輩のことなんです……」

千絵は予《あらかじ》め用意しておいたセリフを言った。

あれからずっと筋書きを考えていた。この際、川原さんの実態をバラしてしまおう。さりげなく、いじめられている側として。冴木はきっと同情する。川原さんに対する見方も少しは変わるだろう。一挙両得というものだ。

期待どおり、冴木は承知してくれた。

「いいよ、僕でよければ相談に乗らせてもらう」

「本当ですか」

「ああ」

「嬉しい。今夜でもいいかしら」

「僕は構わないけど」

「よかった。じゃあ、前に待ち合わせたのと同じ所で、同じ時間に」

「うん、わかった」

電話を切ると「やった！」と思わず小躍りしたくなった。

とにかく、第一関門は通過した。あとは、今夜のデートでどこまで自分を売り込めるかだ。

イザとなったら、飲ませて押し倒す覚悟はできている。いや、まさか本当にそんなことになるとは思えないが、まったく可能性がないというわけじゃない。

とにかく、そのときはそのときだ。モノゴトには成り行きってものがある。

千絵は待ち合わせの場所で待っていた。

今夜は前のときとは違い、最初からそのつもりだから、服装にはしっかり気を遣ってきていた。なにせ、心構えが違う。マニキュアひとつにも、マスカラのひと塗りにも気合いがこもっている。実はもしものために、とっておきのブラとショーツもつけてきた。

「また、僕のほうが遅くなっちゃったね」

冴木が十分遅れでやってきた。千絵はほほ笑みで迎えた。

「いいんです。私のわがままで来てもらったんですから。お仕事のほう、大丈夫でした？」

少し、可愛ぶり過ぎているだろうか。

「前にも言ったろう。仕事なんかしてるより、吉沢さんとデートするほうがよっぽど楽しいって」

冴木は、本当に心憎いセリフをさらりと言う。千絵はすっかり舞い上がった。絶対に成功させたいと思った。

今夜は冴木が「僕に任せて」と、千絵を麻布の海鮮レストランに連れていった。千絵は自分が誘ったのだからと辞退したのだが、冴木にも男の面子《メンツ》があるのだからと、結局は甘えることにした。

レストランはこぢんまりしていて、まるで隠れ家みたいな感じだった。知る人ぞ知るというたぐいの店なのだろう。本当に冴木はセンスが垢抜けている。

料理とワインを注文すると、ようやく落ち着いた気分で、千絵は冴木と目を合わせた。

「ごめんなさい、今日はわざわざ来ていただいて」

「ぜんぜん構わないさ。実は僕も、誘いたいなと思ってたところだったんだ」

その言葉に、思わず千絵の言葉が弾んだ。

「本当に？」

「もちろんさ。あの時、ご馳走してもらって、そのままだったろう。何だか借りを作ってるみたいで、気になってたんだ」

「借りですか」

「悪い意味じゃないよ、男としては当然のことさ」

「じゃあどうして誘ってくれなかったんですか？」

冴木はちらりと上目遣いで千絵を見た。

「彼がいるって聞いたものだから、悪いかなって」

千絵は少々ドキリとして、冴木を見つめ返した。

「私に彼？　そんなこと、誰が？」

「小田さんから聞いたよ」

「小田さんが」

千絵は水の入ったグラスに手を伸ばした。ここに小田ゆかりがいたら、この水をぶっかけてやりたい気分だった。確かにずっと前、司のことを話した記憶がある。しかし、それを持ち出すなんて、あのお喋りめ。自分を売り込むためだったら、何でもする女だ。

「やだわ、そんな根も葉もないこと。小田さんって、とってもいい子なんだけど、少し噂好きのところがあるの。そんな話、信用しないでくださいね」

悪口を言えば、自分の価値が下がる。そんなことをエチケットマニュアルで読んだことがある。千絵は誉め言葉を加えながら、小田ゆかりの信用をなくさせようとした。

「そうか、じゃあ彼がいるっていうのは間違い？」

「もちろん」

千絵は穏やかなほほ笑みで返事をした。

これでまずは難を逃れたようだ。

料理が運ばれてきた。マリネがおいしい。ワインもさっぱりしている。ガーリックトーストの香ばしさが食欲を増進させる。エビだ、カニだ、ブイヤベースだ。

「それで、川原さんのことで相談があるって言ってたけど」

冴木は少し探るような目で、千絵を見つめた。やはり、冴木は川原さんに興味を持っているらしい。

千絵はフォークを置いて、改めて顔を上げた。

「気の回し過ぎかもしれないんですけど、川原さん、私にあまりいい感情を持っていないみたいなんです」

「どうしてそんなこと思うの？　何か意地悪でもされた？」

「意地悪と言っていいのか。川原さんが須崎部長の秘書になって、今まで持っていた仕事が私に回ってきたでしょう。わからないことがたくさんあるのに、聞きに行ってもロクに教えてくれないんです。この間も、取引先から電話があって、過去の取引状態を尋ねたんですけど『自分で調べれば』ってそれで終わり。でも、過去のデータはみんな川原さんが管理しているんです」

「ふうん」

「ときには、服装や髪型にまでチェック入れるんです。この間もピアスが目立ち過ぎるって叱られてしまって。私より目立つのしてる子、ほかにもたくさんいるのに」

「気の回し過ぎじゃないのかなぁ」

冴木はワイングラスを口に運び、窓の外に顔を向けた。

千絵は自分の話が退屈に思われていることを感じた。冴木はガッカリしているようだ。このまま話を続けて、単なる愚痴や告げ口と思われたのでは逆効果だとすぐに悟った。

千絵は素早く作戦を方向転換させた。

「ごめんなさい、こんな話するつもりじゃなかったんです。本当はわかってるんです、川原さんが能力のある人だってことは。須崎部長から特別な仕事を任されるぐらいだもの。私、ひがんでいるのかもしれないわ」

俯いて、いくらか声を弱めて言った。少し効果があったようだ。冴木は優しい言葉をかけてきた。

「誰だって、イヤなことはあるさ。つい愚痴だって言いたくなる」

「私なんか、まだまだですね」

「吉沢さんはよくやってるよ」

「そう言ってもらえると嬉しいけど」

「OLって仕事をとやかく言う人もいるようだけど、僕はそうは思わない。そういった陰で支える人、縁の下の力持ちって言うのかな、そういう役割を担ってくれる人が組織には必要なんだ」

「そんなふうにOLを評価してくれてる人なんかいません」

「そんなことはないよ。サラリーマンは、口には出さないけどみんな思ってるって、OLがいなければ仕事にならないって。社長が休んでも大して困らないけど、OLが休んだらてんてこ舞いだって」

「ふふ」

なかなかいい調子になってきた。これだったら、話も弾みそうだ。謙遜《けんそん》という形が売り込みにはやはり効果があるらしい。

それからしばらく、千絵が川原さんから回された仕事の話をした。冴木はまだ第二販売部に中途入社してきて日が浅いので、やはり仕事のことにいちばん興味があるようだ。

「ね、川原さんが須崎部長のどんな仕事を手伝っているか、知ってる？」

冴木がメインの平目のムニエルを食べながら尋ねた。

「秘書的な雑用だって聞いてますけど」

「どうも、それだけじゃないみたいなんだな」

「それだけじゃないって？」

「そこが僕にもよくわからないんだ」

「もしかしたら、あれかしら」

「あれって？」

冴木が身を乗り出した。

「何か気がついたことでも？」

「大したことじゃないんですけど、この間、川原さんがコピー取ってるのをチラッと見たんです。ガソリンの卸値だとかスタンドの設置状況だとかが書いてあったんですけど、ガソリン関係は第一販売部で、うちの部は天然ガスをやってるのに、変だなって思って」

「確かに、変だね。他には？」

「そう言えば、環境問題についての新聞記事をスクラップしてました。大気汚染につながるガソリンに代わるエネルギーがどうだとか……」

「なるほど、代替エネルギーか」

食事も終わり近くになってきた。このまま仕事の話だけで終わったのでは、誘い出したことが無駄になる。

デザートのコーヒーを飲み終えると、千絵はもうひと頑張りした。

「近くにとっても素敵なショットバーがあるんです。行きませんか」

「でも、遅くなるよ」

「平気です。冴木さんと一緒なら」

千絵としては、かなりストレートに気持ちを伝えた言葉だった。冴木はカップを持ったまま、ちらりと千絵を見た。その目に酔いと、少し色っぽさを感じた。もう少しだと思った。

「そうか、じゃあ行こうか」

「はい」

ショットバーではかなり飲んだ。千絵はもともといけるクチなので、本当はそれほど酔っているわけではなかったが、酔っているフリをするのにあまり照れを感じないほどには酔っていた。

「冴木さん、恋人いるのかしら。ううん、いて当然ですよね。冴木さんみたいな素敵な人、女性が放っておくわけないもの」

冴木はバーボンをロックで飲んでいる。

「それがいないんだ、寂しいことに」

「本当に？」

冴木がふっと顔を向けた。

「吉沢さん、なってくれる？」

「やだ……」

千絵は恥じらいの俯きとも、肯定の頷きとも取れる、かなり高度なワザを使った。

そのバーには一時間ほどいて、外に出た。冴木は歩いている間中、口をきかなかった。それはとても不自然だが、その不自然さに、千絵は心臓の鼓動が速まるのを感じた。

この先に、ラブホテル街があることは知っていた。冴木はそのつもりでこの道を歩いているのだろうか。

もちろん、覚悟はしてきたつもりだ。覚悟どころか、こっちから押し倒そうとまで考えていた。

でも実際に、状況がそちらのほうに向かい出すとどぎまぎした。

本当にいいのだろうか。もしかしたら、とても馬鹿なことをしようとしているのではないだろうか。まだ二度しかデートしてない。それもこっちから誘っただけだ。それでホテルに入るなんて、遊んでいる女だと思われないだろうか。

でも、ここで何にもないまま帰ったら、きっとただの会社の同僚で終わってしまう。冴木は女性社員たちに狙われている。小田ゆかりだけじゃない、川原さんにまでだ。ここで決めなければ、後が続かない。

でも、もしこの一回で終わったら。逆に遊ばれてしまったら。

でも、一回がなければ二回はないのだ。

でも、でも、が重なってゆく。

どうする。どうしよう。

葛藤は続いた。女としてのしたたかさと、少女のような臆病《おくびょう》さが、交互に千絵を質問攻めにした。

そのときだ。

坂の上から下りてくるカップルが目に入った。

千絵の目は釘づけになった。見たことがある。そんなどころじゃない。それは司と、あの年上女だった。

ふたりは寄り添うように近づいてきた。ようやく、司は千絵の存在に気づいたようだった。すれ違う瞬間、千絵と司の目が重なった。司の表情は強張《こわば》り、何か言いたそうに唇が動いた。

千絵は顔をそらし、冴木の腕に手を回した。

これで終わりだ。何もかもがこれで終わる。これでいい。上等じゃないか。司は司でうまいことやっている。あの女のツバメにでもなればいい。

千絵の胸の中にほんの少し残っていた罪悪感のようなものは、すっかり消えていた。

司たちとの距離が開いてゆく。

「知ってる人？」

冴木が尋ねた。

「ううん」

千絵は即座に否定した。

「誘っていいのかな？」

千絵は冴木を見上げて俯いた。

「ええ」

6　瑞子、フルボトルワイン

仕事は忙しくなる一方だった。

須崎部長からは、手伝う程度と聞いていたものの、時間がたつにつれ、資料や情報が次々と集まり、必然的に瑞子もそれにかかわる時間が多くなっていた。

今後、メタノール車の普及がどれほど見込まれ、それに対応するメタノールの需要がどこまで伸びるか、それがいちばんの問題だった。

一般的には、実用化までにまず十年はかかると言われていたが、それに関して須崎部長はすでにかなりの自信を持っているようだった。つい先日、須崎部長が密《ひそ》かに支援しているメタノールの研究所から、さまざまな問題点のほとんどはクリアされたとの報告を受けていた。

残されているのは、実際にどこまで一般に浸透するかだ。まず車そのものをメタノール対応に変えなくてはならない。供給できる設備、つまりガソリンスタンドに代わるメタノールスタンドを普及させなければならない。メタノールを導入してくれる顧客の確保ということだ。

しかし、それもすでにいくつかの企業が興味を持ってくれていた。もっと詳しい情報を、との依頼もある。嬉しい手応えだった。

つまり須崎部長は、それらの会社との今後の可能性を切り札に、重役選に臨むつもりらしい。もし、安定した企業がガソリンではなく、メタノールの導入を約束してくれたら、ガソリン部門の早坂部長の面目はつぶれる。つまり、これからは環境汚染につながるガソリンではなく、メタノールの時代が到来することが証明されるのだ。

五時近くに、冴木がファイルを持ってデスクにやってきた。

「すみません、これお願いします」

「はい」

受け取って、表紙をめくる。中にメモが挟まれていた。

『今夜、会えませんか。七時に待っています』

本当はメールでやり取りすればいいのだろうが、最近、私的メールにうるさくなった。

調べられたりしたらことだ。秘密の恋愛は昔のやり方に戻ってしまったらしい。

メモには喫茶店の場所の略図が書いてあった。瑞子は一瞬、冴木の背を目で追い、それからすぐにメモを小さく折り畳んで、ポケットの中に押し込んだ。

この間、冴木と一緒の時間を過ごしたときから、彼に対する感情は微妙に変化していた。

ずっと忘れていた甘いときめきのようなものが、ふっと瑞子の心を揺らすのだ。

馬鹿馬鹿しい、八歳も年下なのよ。

と、瑞子は自分を笑おうとする。けれども、笑うことで自分をごまかそうとしている自分に気づいて戸惑ってしまう。

冴木から誘われるのは、とても気分がよかった。若くてハンサムで人気のある冴木だ。誘われたいと望んでいる女の子はたくさんいる。なのに、冴木はあえて瑞子を誘う。

そう、三十五歳の、年下ＯＬたちからお局さまと呼ばれている瑞子をだ。

それが瑞子の自尊心をとても満足させてくれるのだ。

そのとき、ふっと冴木と目が合った。

（いい？）

冴木が目で尋ねる。

瑞子は年上らしい、鷹揚《おうよう》な態度で頷いた。

もちろん、しょうがないわ、というポーズを添えることは忘れない。それがせめてもの強がりだった。

(ええ、いいわ)

七時ちょうどに待ち合わせの喫茶店に入ると、冴木は先に来ていた。

瑞子を見つけ、手を上げる。

年下の男が私を待っている。

このシチュエーションに、瑞子はますます満足した。

「よかった。来てくれなかったらどうしようと思ってた」

「そう?」

「顔を見るまで不安だったよ」

こんなセリフをぬけぬけと言って、それでもキザに聞こえない。それが冴木の得なところだ。

「今夜は、ちゃんとしたレストランを予約しておいたから」

冴木はちょっと自慢げに言った。何だかそれが子供っぽくて、瑞子は思わず苦笑した。

「いいのよ、そんな無理しなくたって」

あれから何度か食事をしたが、だいたいが定食を置いてあるような居酒屋だった。冴木はエリートだが、まだ会社に入って間もない。贅沢《ぜいたく》なデートができるような給料でないことはわかっていた。

「それくらいのことは、僕にだってできるんだから。僕が一人前の男だってこと、ちゃんと認識してもらわなきゃね」

とムキになって言う。そんな冴木が可愛らしく見えてならない。

レストランは、目白《めじろ》のカテドラル教会近くにあるホテルの中にあった。東南アジアのリゾート地にあるようなヨーロッパスタイルのそのホテルは、噂どおり豪華で洗練されていた。

前々から一度来てみたいと思っていた。冴木の選択が心憎かった。

ここが東京だとは思えないほど広い庭が見渡せるレストランで、ふたりは向き合った。

冴木はいつものように、さまざまな話題で瑞子を笑わせた。

時には、自分の子供のころや両親の話なども織りまぜ、瑞子の心を惹きつけた。

男が、自分の最も身近なことを口にするとき、女がどんなに安心感を持つか、冴木はそのことをよく知っている。

瑞子の感情は重なるデートですっかり甘さを増していた。

だから、どうして今まで独身でいたか、と聞かれても、たとえば嫌いな木村主任に対するときのように、尖った口調でなく答えた。

「別に、特別な理由があるわけじゃないの。ひと言で言ってしまえば、そんな相手に巡り会えなかったって、ただそれだけ」

「川原さんみたいな女性に見合う男なんて、そうそういないだろうからね」

「本当にお世辞がうまいんだから」

「お世辞なんかじゃないって。僕は本心から言ってるんだ」

冴木はまた子供のようにムキになって言う。

瑞子は自然と笑いがこぼれた。冴木のそういった感情の起伏が楽しかった。

「そう、ありがとう。その言葉、素直にいただいておく」

「仕事が面白くてってこともある？」

たぶん、ワインが効いてきたのだろう。鴨《かも》のローストもとてもおいしい。そして、目の前に座る若くてハンサムな男。瑞子はすっかりリラックスした気分になっていた。

「そうね、それも確かにあるかな。三十少し前から、ようやく責任ある仕事を任せてもらえるようになったの。そうするとやっぱりね、つい仕事ばかりに夢中になって、目が男性のほうに向かなくなっちゃったことがあるかもしれない」

「その向かない状態は、今も続いてるのかな」

冴木はフォークを止めて、上目遣いに瑞子を見た。

「残念なことに今は逆よ。今度は男性のほうが私に目を向けてくれなくなったの」

「まさか」

「それが本当のところ」

卑下して言っているわけではなかった。三十過ぎでも綺麗で、もてる女性はたくさんいる。だから、自分だってと期待した。けれども実際は、三十の声を聞いてから、瑞子に近づいてくるのは妻帯者ばかりになった。独身の男たちは、結婚を迫られるのを恐れてか、若い女にしか興味がないのか、親しくなっても、友人の関係から踏み込んでくるような者はいなかった。

「僕は仕事のできる女性っていいと思う。自立した女性だ。まだまだ日本の男は、女性に対して、男の面倒をみてくれる者、という見方をしているのが多いと思うんだ。ましてや、妻にするならもっと保守的になる。結局はマザコンなんだ。僕は、そんな形でパートナーを持つつもりはないんだ」

瑞子は黙って聞いている。

「川原さんは、部長から特別な仕事を頼まれるぐらい信頼されてる。オフィスにいてもチャラチャラして、結婚相手ばかり探してる女の子たちとはぜんぜん違う。もう、あんな女の子たちはうんざりだ。川原さんみたいな女性こそ本当の意味で大人の女性だ。周りにいる男たちの目がみんな節穴なんだ」

歯の浮くようなセリフが続く。それでも、そう言われるとやっぱり嬉しい。もっと言ってと思ってしまう。

「それで、須崎部長の新しい仕事、もう慣れた？」

冴木が尋ねた。

「まあまあね」

「正直なところ、どんな仕事なの？」

「前にも言ったわ、秘書的な雑務よ」

「またまた」

「本当だって」

「そんな程度のものじゃないことは、もうみんな知ってるよ。僕だって須崎部長には重役になってもらいたいと思ってる。少しは力になれないかなという気もしてるんだ」

「わかってる」

「僕って、そんなに信用ないかな」

「そういうわけじゃないのよ」

冴木とはこの話になっても、いつもはぐらかすばかりだった。冴木の熱心さを知っているだけに、何だか申し訳ないような気になった。

「でも、仕事だから」

「そうか」

少しの間、冴木は黙り込んだが、すぐに快活な笑みを浮かべた。

「ごめん。また、いけないことを聞いてしまったね。でも、川原さんのそういうきちんとしたところがいいんだよな」

「ごめんなさい。今はまだ何も言えないの」

「ところで、須崎部長の部屋にあるキャビネットの鍵、川原さんが管理してるんだね」

「どうして？」

「この間、開けてるの見たから」

「まあね」

「あのキャビネットに触れるのって、限られた社員なんだろう。川原さん、すごいな、そこまで須崎部長に信頼されているんだから」

「そうでもないけど。ねえ、そんなに須崎部長の仕事にかかわりたいの？」

「そりゃあ」

「だったら、いつかチャンスがあったら、あなたのことを話しておく」

「本当に？」

「あなたみたいな優秀な人なら、きっと須崎部長も喜んでくれる。でも、チャンスがあったらだけど」

「もちろんさ。あっと、いけない、また仕事の話をしてしまった」

「仕事熱心なのね、冴木さんって。それじゃワーカホリックになって、家庭崩壊よ」

瑞子は冗談ぽく言った。

「いいんだ。僕は仕事に理解がある女性と結婚するつもりだから。だから、女性も仕事をきちんとこなしている人がいいんだ」

冴木が目を向ける。意味を含んだ目のように感じるのは、瑞子の思い過ごしだろうか。それとも、ワインのせいだろうか？

目の前のフルボトルはもう底を見せている。

瑞子は自分が冴木の目を意識していることを、彼に意識されないよう、ナイフとフォークを動かした。

マンションの前まで、冴木は送ってくれた。

ひとりで帰ると言ったのだが、送るのは男として当然だ、などと冴木は瑞子を思わず苦笑させるようなことをまた言うのだった。

玄関先でタクシーを降りた。

「ご馳走さま。今夜はとっても楽しかった」

「僕も」

「おやすみなさい」

「また、誘ってもいいですよね」

「ええ」

冴木の乗るタクシーのテールランプが角を曲がってから、瑞子はマンションに入った。思わず歌を口ずさんでいた。男に大切に扱われること。ドアを開けることも、椅子を引くことも、ずっとひとりでしてきたし、そのことに寂しさなんて感じたことはなかった。

なのに今夜、さまざまな冴木の気遣いが、瑞子をか弱い女にしていた。ドアも椅子も、重くて自分で動かせないような気がした。そして、それはとても心地よい気分なのだった。

鍵穴にキーを差し込んだが、手応えがない。

どうやら史郎が来ているらしい。

瑞子は少しガッカリした。今夜は、冴木との余韻に浸りながら後の時間を過ごしたかった。

「お帰り」

ソファに座っていた史郎が顔を向けた。

「今夜、来るとは思わなかった」

「何だか急に、瑞子の顔が見たくなったんだ。あれ、飲んでるのか」

「少しね」

「水でも持ってこようか」

「いらない」

瑞子はバッグを放り出し、史郎の向かいのソファに身体を投げ出した。それからふっと吹き出した。

「不思議ね」

「何が？」

「そんな優しいセリフ、十年前の史郎からはとても聞けなかった」

「そうでもないさ」

「いつも、気を遣うのは私ばっかりだった。あなたを怒らせないよう、嫌われないよう、いつもピリピリしてた」

瑞子はテレビのリモコンを取り上げて、史郎が観ていたスポーツ番組をオフにした。

「私、今夜、誰と一緒だったと思う？」

「冴木だろ」

「あら……」

驚かせたかったのにと、ちょっと気が抜けた。

「どうして？」

「車が止まった音がしたから、窓から覗いたんだ」

「何だ」

「彼と付き合ってるのか？」

「食事に誘われただけ。でも、今夜が最初じゃないの」

するとし史郎はひと呼吸置いて、言った。

「冴木とは深入りしないほうがいい」

瑞子は身体を起こした。

「どうして」

「彼には油断のならないところがある」

「あなた、妬《や》いてるの？」

「まさか」

「そうよね、あなたにはちゃんとした奥さんと子供がいるんだもの、私が誰と付き合おうと妬ける立場じゃないわよね。言っておくけど、誘ってくるのはいつも冴木さんのほうだから」

「どうしてあいつが？」

「あら、その言い方、ちょっと引っかかる。冴木さんが私みたいな年上の女を誘うのは変？」

「いや、そういう意味じゃなくて」

「じゃあ、何なの」

「あいつは抜け目のない男だ。この時期に中途採用されたというのも、どうも気になる」

「それだけ仕事ができるってことでしょう」

「かもしれない。とにかく、僕は瑞子に傷ついてもらいたくないんだ」

瑞子はソファから身体を起こして、声を荒らげた。

「傷つくって、どういうこと？」

「いや、深い意味はないんだけど」

「私が彼に遊ばれているとでも言うの。冗談じゃない。こう言っちゃなんだけど、彼、結構私に真剣なのよ。結婚をほのめかすようなことまで言ってるのよ」

瑞子は口走っていた。引っ込みがつかなかった。同情されることほど、瑞子を屈辱的な気持ちにさせるものはなかった。

「あなた、三十五の女に、八歳も年下の男が本気になるはずがないって、そう思ってるんでしょう。ええ、そうね、私の所にせっせと通ってくるのは、所詮、幸福な家庭に飽きてちょっと羽を伸ばしたいと思ってる狡《ずる》い中年男ぐらいのものよ。あなたが彼をとやかく言う権利なんかない。たとえ遊びだったとしても、少なくとも、彼が独身だという分、あなたより罪は軽いわよ」

　自分でも驚くほど激しい口調だった。

　ここまで言われたら、さすがに史郎も怒りを見せるだろう。どんなふうに、瑞子に言い返すつもりだろう。

　ようやく、史郎は呟いた。

「今夜は帰るよ」

　瑞子は気が抜けて、肩を落とした。

「口論したくないんだ。君とそんなことするために来たんじゃない」

　史郎はベッドルームに着替えのために入っていった。

　瑞子は膝の上でクッションを抱えた。怒りはかえって昂《たか》ぶっていた。

　帰りたければ帰ればいい。史郎はいつだって、帰るためにここに来る。家に帰れば、妻と子供が待っていて、着馴《な》れたパジャマが出され、自分で冷蔵庫を開けなくてもビールが運ばれてくる。帰れ、帰れ、もう二度と来なくていい。

　三分後、玄関のドアが閉まった。

　そのドアに向かって、瑞子は思い切りクッションを投げつけた。

　それからしばらく、平穏で幸福な日々が続いた。

その間に、瑞子は冴木と二度デートをした。瑞子は会えば会うほど冴木に惹かれてゆく自分を感じていた。

会社では須崎部長の仕事に手を取られて、しばらく千絵たちのことなど忘れていた。やっかいな年下OLたちのことを忘れていられるのは、結構快適だった。

ふと見ると、吉沢千絵がいやに張り切っている。仕事も積極的にこなしている。何より、とても綺麗になっていて驚いた。

二十三歳。目尻にはシワもシミも見られない。頬も首もピンと肌が張りつめている。それでいて、子供を脱ぎ捨てた潤いのようなものがある。

どうということはないとき、瑞子はときどき、彼女や小田ゆかりにふっと目を留めることがあった。嫉妬というのではなかった、嫌悪というのでもない、単純に見惚《みと》れてしまうのだ。若いということの贅沢さ。彼女たちはふんだんにそれを消費している。

自分が彼女たちくらいのころもそうだったのだろうか。あのころは自分を若いと思うより、もうこんな年だとばかり考えていた。若さに気がついたのは、それが過ぎ去ってからだった。

彼女たちも瑞子の年になったとき、同じことを思うのだろうか。

その日、須崎部長から頼まれて外に書類を受け取りに行き、オフィスに戻ったのは九時近くになっていた。

出先から直接帰るつもりでいたのだが、タクシーに乗ってから、デスクの中にキーケースを忘れてきたことに気がついた。

マンションやロッカーの鍵のこともあるが、何より部長室のキャビネットの鍵も一緒になっている。もちろん置いて帰るわけにはいかなかった。

もう誰もいないと思いながら、オフィスのドアを開けると、思いがけず冴木の姿があった。

冴木は自分のデスクではなく、瑞子のデスクに座っていた。

「どうしたの？」

近づいて声をかけると、冴木はよほど驚いたらしく、背中を大きく震わせた。

「ああ、川原さんか、びっくりした。どうしたの、こんな時間に」

「ちょっと忘れ物。冴木さんこそ、どうしたの」

「ごめん、ホッチキスの針が切れちゃって、川原さんが持ってないかなって探してたんだ。黙って開けちゃ悪いと思ったんだけど、他人のデスクを開けるよりいいかな、なんて」

身内的な言い方をされるのは、悪い気分じゃなかった。

「ホッチキスの針ね、待って」

瑞子は引出しから針を取り出した。

「はい、どうぞ」

「どうもありがとう」

「遅くまで残業、大変ね」

「中途入社だからね、少しでもみんなに追いつかなくちゃ。川原さんだって」

「私は忘れ物を取りに来ただけだもの」

「じゃ、これ、もらってくよ」

冴木は針を持って自分のデスクに戻っていった。

瑞子は引出しの中からキーケースを取り出し、部長室に向かった。受け取った書類をキャビネットの中にしまっておくためだ。

部長室には明かりがついていた。部長も残業なのかと思ったが、誰もいない。

「部長ったら、明かり消し忘れて」

キャビネットを開けて書類を入れる。ファイルが乱れていて直した。それからデスクに戻ると、すっかり帰り支度をした冴木が待っていた。

「この偶然を、運命的だって言ったら、笑われるかな」

瑞子の頰が緩《ゆる》んだ。

「ううん、私もそう思う」

「よし。じゃあ、一緒に帰ろう」

「そうね」

麻布の洒落たバーを出てすぐだ。瑞子は黙っていた。どう答えていいか、わからなかった。

「好きだ」

と、冴木が言った。

「本気ですから、僕」

瑞子は笑みを返し「飲みすぎた？」と、冗談めかして答えた。

瞬間、抱きすくめられた。声も上げられなかった。冴木の唇が瑞子のそれに重なった。

瑞子は目を閉じ、身体から力を抜いた。

男の腕はこんなに力強かっただろうか。唇はこんなに熱いものだっただろうか。

もう瑞子にとって冴木は、会社に最近入ってきたちょっと親しい八歳年下の男性社員、ではない。

そのことを自分自身、痛感した。

それから数日。

瑞子にとって、冴木の存在は、すでに自分の日常の中に組み込まれていた。出社するにも、彼のことを意識して、服を選ぶ。朝のブローの時間は五分は長くなった。オフィスで履くローヒールを二センチばかりアップした。化粧直しもこまめにするようになった。いつもは煩《わずら》わしく感じる年下OLたちの存在も、あまり気にならなくなった。正直なところ、毎日、会社に行くのが楽しくてしょうがなかった。

いつのころからかは忘れたが、男なんか、と侮《あなど》るようになっていた。結婚なんて、とバカにするようになっていた。

恋を重ねて男というものを知り、周りの結婚を眺めて夫婦というものを知って、期待を持てば結局は失望が大きくなるだけだ、と結論づけるようになっていた。だから、子供じみた夢は心の隅に押しやって、地に足の着いた自分の生活のペースを摑んだ。実際、それによって快適な毎日を過ごしていたのも確かだ。

それなのに今「もし、冴木と結婚したら」と考えている自分がいる。

瑞子は思わず苦笑した。

「まるで乾燥ワカメみたい」

心の隅に押しやられて、すっかりひからびていた過去の夢が、冴木という存在によって水分を補給され、徐々に膨れあがってくるという感じだった。

八歳年下。そんなカップルなんて、今時めずらしいことじゃない。世の中にはもっと年齢が離れていても、うまくいっているカップルがヤマほどいる。周りの、結婚していないことに同情の目を向けていた奴らもアッと驚かすことができる。条件としても最高だ。それに冴木は女性の仕事に対する理解が深く、家事は女の役目なんて子供じみた考えも持ってない。考えてみれば、働く女である瑞子にはぴったりの相手ではないか。

今まで、冴木と会っていても、どこかで肩肘を張っていた。年上であることの威厳を守りたいとか、バカにされたくないという気持ちがあった。

でも、もういい。彼の前では、ただの女になってしまっても構わない。

「もうすぐクリスマスか……」

瑞子は椅子に寄りかかって天井を見上げた。

男とふたりで過ごすクリスマスなんて、ずっと忘れていた。男のために用意するプレゼントとか、手作りのローストビーフとか。

でも、今度のクリスマスは予定を立ててみようかと考えている。小さなツリーとキャンドルとシャンパンを揃えて。初めて冴木をマンションに招待するには、最高の日かもしれない。

その数日後。

忙しいというのに、吉沢千絵が席をはずして二十分も帰ってこない。

また、お喋りに決まっている。ここのところ、彼女はよく人事部の伊東恭子と洗面所や給湯室で顔を寄せ合っていた。

話したいのなら、昼食時間とか仕事が終わってからにすればいい。けれど、彼女たちのお喋りはいわば生理的現象で、喋りたいと思い始めると、トイレと同じでもう我慢ができなくなるらしい。

平気で二十分も三十分も席をあける彼女たちの神経は理解できなかった。

四十五分を過ぎたとき、ついに腹に据えかねて、瑞子は席を立った。洗面所を覗き、いないことを確認して、今度は給湯室に向かった。

前まで来ると、案の定、中からふたりの声が聞こえてきた。

入ろうとして、瑞子はふっと立ち止まった。

「でも、まさかこんな急展開になるとはね」

人事部の伊東恭子が感心した声で言った。

「けしかけたのは、恭子じゃない」

そう答える千絵の声はやけに弾んでいる。

「それで、その後はどんな関係が続いてるの」

「ここのところ、ときどき、彼の部屋に行ったりしてるの」

「泊まるの？」

「やだ、帰るわよ、ちゃんと」

「でも、着々と進行してるじゃない。この分なら、来年あたり本当に結婚なんてことになっちゃったりして」

「まだそこまでは。でも、もしかしたら、ないこともないかもしれない。そのときはごめんんね、お先に」

　千絵の含み笑い。

　恭子がため息をついた。

「いいなぁ。羨ましいなぁ。けしかけたのは私だけど、こうなってみると妬ける。だって文句のつけようのない相手だもんね、冴木さんなら」

　瑞子はわが耳を疑った。

　今、冴木と言ったような気がする……いや、確かに言った。

「ね、彼へのクリスマスプレゼントだけど、何がいいと思う?」

「そっか、ふたりで一緒に過ごすのか」

「初めて一緒に迎えるクリスマスだし、気のきいたものをプレゼントしたいの。ほら、冴木さんって海外生活も長いし、すごく垢抜けてるでしょう。下手なものあげたら、私のセンス疑われちゃう」

「知ーらない、勝手にすれば」

瑞子は後ずさりしながら、その場を離れた。

間違いない。千絵は確かに冴木のことを言っている。

冴木と千絵が付き合っている？　それもう、ただの関係ではない？　結婚まで考えている？

まさか、そんなはずはない。あるわけがない。

冴木と付き合っているのは自分だ。

「何を血迷ったことを」

笑おうとして、頬が強張った。

彼女は今時の恋愛しか頭にない女の子にはちがいないが、馬鹿ではない。あり得ないことを、友人に吹聴するような愚かさもない。そんなことをすれば、最後に自分が恥をかくということはわかっているはずだ。

だとしたら、今の話、嘘とは言えない。

では、もし本当だとしたら……

今までの冴木の自分に対する行動はいったい何なのだ。熱心にデートに誘ったり、あの意味シンなセリフ、そしてキス、みんな瑞子の思い過ごしとでも言うつもりなのか。

ぼんやりしたままオフィスに戻ると、デスクに座る冴木と目が合った。

冴木が笑顔を浮かべる。それはいつもと同じで、何の変わりもない。

瑞子は笑みを返したものの、すぐに視線をはずした。

混乱していた。身体が熱かった。それでいて、心はシンと冷たい。目の前のパソコンに映る文字がうまく頭に入ってこない。息が苦しい。とにかく、気持ちがまとまらない。何が嘘で何が本当なのか。その判断がまったくできなくなっていた。

そのとき、デスクに内線が入った。瑞子は手を伸ばした。

「はい」

「川原くんか。悪いが熱いコーヒーをいれてくれないか、思い切り濃いのがいいな」

須崎部長からだった。瑞子はわれに返った。

「はい、すぐお持ちします」

頭の中は混乱していたが、今は仕事中だ。感情に振り回されていたら、十三年というキャリアが泣く。瑞子は自分の頬を二度ほど軽く叩き、席を立った。

給湯室にはさすがにもう千絵たちの姿はなかった。瑞子は言われたとおりコーヒーを用意し、部長室に向かった。

「ああ、ありがとう」

そう言って受け取った部長の顔には疲れが濃く滲んでいた。

「どうかなさったんですか？」

「うん？」

「とても疲れていらっしゃるように見えます」

部長は背もたれにゆったりと体重をかけた。

「ああ、ちょっと困ったことが起きたもんだから」

「例の仕事のことですか？」

「実は、メタノールの実用化に乗り気だった企業から、断わりの連絡が入った」

「えっ」

「それもどういうわけか、期待していたところ全部だ」

「どうしてそんなことに」

「そこがよくわからない。資料や書類は、外部に漏れないよう、気を遣ってきたつもりだったんだがね。やはりコトを秘密裏に進めるのにも限度があるということだろう」

「そうですか。それじゃ、今からまた協力してくれる企業を探さなくちゃならないわけですね」

「まあ、そういうことだ。骨が折れるよ」

須崎部長にいつものエネルギッシュさはなかった。よほどショックだったのだろう。せっかく契約寸前までこぎつけたのに、すべてが白紙に戻ってしまったとなれば当然だろう。

どうして、情報が漏れてしまったんだろう……

けれども、どう考えても埒《らち》があかず、瑞子はため息をついた。

それとは対照的に、第一販売部の早坂部長はひどく機嫌がいいという。

それを同期で入社した同僚から聞いたのは、それから三日後のロッカー室でのことだ。

「やっぱり、重役の椅子は早坂部長のものになりそうね」

すでに結婚し、子供もいる彼女は、今では総合職という立場を離れ、事務職として仕事をしている。だから、気楽に話ができる。

「どうして？」

「何かもう、自信まんまんって感じだもの。この間も、側近社員を連れて飲みに行ってた。前祝いだとか言って」

「ね、早坂部長のその自信って、どこからくるの？」

「それが、私にもよくわからないのよね」

彼女はパフで鼻を押さえた。

「実はね、部長の指示でいくつかの企業に卸していたガソリン価格を急に下げたの。売り上げが落ちるわけだから、普通は問題になるでしょう。でも全然なの。下げて、嬉しいみたいな感じなの」

「それ、変よね」

「でしょう。上のやることはよくわかんない」

彼女がロッカーの扉を閉めた。

「じゃあ、お先に」

瑞子は彼女を呼び止めた。

「ねえ、その価格を下げた取引先って、どこかわかる?」

「まあ、わからないこともないけど」

「教えてくれない?」

「そんなこと、どうして知りたいの?」

彼女はいくらか疑わしい目を向けた。

「まだ誰にも言ってないんだけど」

瑞子は言った。内緒話に人は弱い。

「私、実はあなたの部に転属願いを出そうかなって思ってるんだ」

「あら」

「うちの部署も先細りでしょう。これで須崎部長が役員選に負けたら、リストラの嵐よ。その前に手を打っておこうかななんて思ってるの。そのためにも、先にいろいろ勉強しておきたいから」

「ふうん」

「いいわね、あなたはちゃんとしたダンナ様もいて、何があっても安心して暮らしていけるんだもの。私なんか独り身でしょう、頼れる人なんか誰もいないから、やっぱり不安よ」

彼女は意外な顔をした。

「川原さんからそんなことを聞くなんて、ちょっとびっくり」

「そう？」

「もっと自信まんまんの人かと思ってた。私はのんびり主婦やってる女とは違うのよっていうような」

「まさか、心の奥ではいつも羨ましく思ってるの」

そんなことを言っている自分が腹立たしく、瑞子の言葉に満足そうに頷いている彼女にイラついたが、今はそんなことより知りたかった。

「わかったわ、調べといてあげる」

「ありがとう、助かる」

翌日、彼女から連絡が入った。

彼女が口にした取引先は、すべて、須崎部長がメタノールの契約を行なうはずの相手だった。つまり情報が漏れた、そういうことだ。

いったいどこから、どういう形で漏れたのだろう。須崎部長の下で動いている者が寝返ったのか。けれど、瑞子が入社してから十三年、選ばれた社員は信頼のおける顔ぶればかりだ。彼らの中で須崎部長を裏切る者が出るとは考えられない。

いったい誰が、契約を行なう相手の情報を知ることができただろう。それはキャビネットの中にあり、その鍵は須崎部長と、瑞子が保管している。

その時になって、瑞子は自分の中で湧き起こる疑問を感じた。

「もしかして、あの時……」

そう、あの時だ。迂闊《うかつ》にも、瑞子がキーケースを引出しの中に忘れていったあの時。夜遅くなって取りに戻ったとき、冴木がたったひとりでオフィスにいた。そして瑞子の引出しを開けていた。引出しの中には、瑞子のキーケースが入っていた。

もしかして……冴木がそのキーを使ってキャビネットを開けたとしたら。

瑞子は首を振った。

まさかと思う。あの冴木がそんなことをするはずがない。いったい何のためにそんなことをする必要がある。冴木は、須崎部長を心から信頼していると言っていたではないか。

じゃあ、給湯室での千絵の話はどうだ。

あの話では、千絵と冴木には関係がある。瑞子にあんなことを言っておきながら、彼女にも同じことをしている。だとしたら、今まで瑞子に向けられた言葉は、嘘で固められていたということではないか。

もし、冴木が情報を第一販売部の早坂部長に流したとしたら。もともとこの部署に入ってきたのも、自分に近づいてきたのも、それが目的だったとしたら。

それでもまだ、瑞子の心の中には否定する自分がいた。

確かにキーのことは疑える。けれどそのことだけが外部に漏れる原因とは限らない。もしかしたら、協力すると言った企業そのものが、寝返ったということだってある。何も、冴木ばかりを疑うことはない。

瑞子の中で、葛藤は続いた。

その葛藤はマンションに帰り、ひとりになっても、決着がつきそうになかった。けれど、白と黒との半分ずつの言い分は、冴木をかばうほうがエネルギーが必要だった。疑いを口に出すと、それは実に筋が通っていて言い負かされそうになる自分が怖かった。

違う、冴木はそんな男じゃない。

理論で対抗できなくなると、今度は感情で弁護した。

私は世間知らずの箱入り娘じゃない。十三年も会社にいて、男だって何人も見てきた。狡い男、正直な男、出世欲にまみれている男、男気のある男。見極める目に自信もある。

冴木は悪い男じゃない。私に見せてくれた冴木の言葉にも態度にも、確かに真摯《しんし》な気持ちが込められていた。

けれど、その必死の弁護も、それから数日たったある夜に掛かってきた史郎からの電話で崩れ去ることになった。

「余計なこととは思ったんだけど」

「なに？」

「冴木のこと、少し調べたんだ」

「どうして、そんなこと……」

「嫉妬ってわけじゃない。正直言うと、それもないこともないけど、どうもあいつは油断がならない」

「それで、彼の何を調べたの？」

瑞子は性急に答えを促した。

「冴木がわが社に入社した経緯だよ。彼は確かにロスにいた。ロスのエネルギー関係の仕事をしていた。そこでわが社と取引があり、引き抜かれたということになってる」

「それは聞いてる、前のロス支店長と懇意にしてたって。あの支店長は、須崎部長の腹心と言われている人よ」

「その支店長だけど、あっちで借金を作ったらしい」

「えっ」

「あっちは景気がよくて、一時、ずっと円安が続いてただろう、それを見込んでドル建ての投資をしていたらしいんだ。あっちの金融会社から融資まで受けてね。しかし、目論見《もくろみ》がはずれて円高になり、どうにもいかなくなった」

「あなた、どうしてそんなこと知ってるの」

「忘れたのかい、僕の女房は元ロス支店長の妹だよ。もっとも今は期待はずれの男だったって、ほとんど付き合いはないけど」

「あ……」

瑞子は思わず、声を詰まらせた。確かに、そうだった。そのコネに惹かれて史郎は瑞子と別れたのだった。

「資金繰りに困っている時に冴木が現れた。須崎部長に口を利くことを条件に新たに融資をする、という土産《みやげ》を持って」

「………」

「結論から先に言おう。冴木には、第一販売部の早坂部長の息がかかっているよ。中途入社も早坂部長の画策だよ。将来の椅子を約束して、須崎部長の動向を探るため冴木を送り込んだんだ」

瑞子は答えない。答えられるわけがなかった。ただ、肩で大きく息をした。

すべて、そうだったのか。

瑞子のことは何もかも、探りを入れるための手段だったのか。

「聞いてるのか？」

「ええ、聞いてる」

「君が僕の言うことを信じるか信じないかは、君の自由だよ」

瑞子は感情を抑えられなくなり、まるでぶつけるように言葉を吐いた。

「いいのよ、笑っても」

「何を言ってる」

「あなた、それを知って、さぞかしおかしかったでしょうね。冴木に乗せられて、すっかりその気になってる私のこと、何てバカな女だって思ったでしょうね。いいのよ、笑って、好きなだけ軽蔑して」

史郎の沈んだ声が返ってきた。

「やめてくれ。僕はそんなつもりは」

けれど、最後まで聞かないまま、瑞子は電話を切った。

驚きとか悲しみとか、そんな生やさしいものではなかった。

腹立たしさとか悔しさなんかではまだ足りない。

もっとストレートな感情だ。怒りだ。そうでなければ憎しみだ。

瑞子はカーペットにぺたりと腰を下ろした。

頭がぐらぐらし、ちりちりと肌が粟立《あわだ》った。
瑞子の目に、今は何も映っていなかった。ただ、宙を見つめて、唇を嚙《か》みしめた。

7　千絵、ひとりのティールーム

千絵はすっかり有頂天だった。

冴木とはもう恋人同士だ。小田ゆかりがキャンキャンまとわりつこうとも、川原さんが年も考えずに誘惑しようとも、もう自分たちの仲には割り込めない。

一流大学を出て、海外生活を経て、わが社にエリートとして入社してきた冴木。おまけにハンサムときている。ライバルを蹴落《けお》とし、誰よりも先に獲物を手にしたという優越感が千絵を満足させていた。

本当はふたりのことは公表してしまいたかった。けれど、そこは社内恋愛である。何かとうるさいし、入社早々女の子との浮いた話は上司にいい印象を与えない。

冴木も「しばらくはふたりだけの秘密にしておいてほしい」と言っている。

だから、今は友人の恭子にだけ打ち明けて我慢している。いつかみんなをアッと言わせてやろう。突然の婚約発表という形で。それを想像するだけで、千絵の顔には自然と笑みが浮かんでくるのだった。けれど、今ひとつ不安感もある。どう言ったらいいのだろう、手応えの弱さみたいなものだ。

ベッドの中でのことじゃない。むしろベッドはとても刺激的で充実している。けれど、ベッドを離れると、冴木は急に淡白になる。電話は好きじゃないと言って、ほとんど掛けてこない。彼の部屋にも行ったが、もちろん鍵を渡されたわけでもない。会う日も平日の夜ばかりで、週末はたいてい友人たちとの約束があり、冴木はそれを優先してしまう。

週末に会えない恋人なんて、いちばん寂しい。もちろん男同士の付き合いには理解を持っているつもりだが、時には、その友人たちの集まりに連れていってくれてもいいのにと思う。この間、ちょっとそれを言うと、冴木は「男ばかりで退屈するよ」とかわした。

せっかく新しい恋が始まって、今度こそ楽しい週末が送れると思っていたのに、これでは司のときと大して変わりはないような気になってくる。

「ううん、ぜんぜん違う」

千絵は首を振った。

司なんかとぜんぜん違う。なにしろ、結婚が思い浮かべられる相手なのだ。そんなことぐらい我慢しよう。これ以上を望んではバチが当たる。

ワガママを言って、冴木を困らせたくなかった。ましてや、そんなことで嫌われてしまっては元も子もない。本当に欲しいものを手に入れる時は、我慢だってしなければならないことぐらい知っている。

土曜日、千絵は退屈を持て余しながら、ビデオを観ていた。

レンタルビデオ屋では人気作品は土日ともなると品薄で、大して観たくもない映画だから、ただ映るに任せるといった感じだった。

不意にチャイムが鳴った。

寝転がっていた千絵は慌てて身を起こした。

冴木ではないかと、ドキリとする。まだ千絵のアパートに入ったことはないが、前まで送ってきてくれたことはある。突然訪ねてきても不思議ではない。恋人とはそういう関係なのだから。

千絵は指でさっと髪を整え、ドアに近づいた。

「どちらさまですか」

「俺だよ」

「え……」

しばらく返事ができなかった。

司だ。

「ちょっといいか、話があるんだ」

どう答えるべきか迷った。もう、司とは終わっている。このまま帰ってもらうのがいちばんいい。

「すぐ済むからさ」

結局、千絵の指はキーをはずしていた。なんだかんだあっても、司とは付き合った一年という重さがあった。むげに追い返すなんてことはできなかった。

半分だけドアを開けて、顔を覗かせると、司が「よっ」と片手を上げて、いつものように能天気に笑った。

千絵はできるだけ抑揚のない声で言った。

「何の用?」

「これ、持ってきたんだ」

差し出した手には、チケットがあった。

「今度の芝居のだよ。初日のいちばんいい席を取っておいた。ぜひ来てほしくてさ」

「私なんか、行ってもしょうがないじゃない」

千絵はぶっきらぼうに答えた。

「千絵にはいろいろ迷惑かけたから、そのお詫びとお礼」

「お金、貸さなかったし」

「金のことを言ってるんじゃないよ。こんなどうしようもない俺に、よく付き合ってくれた。本当に感謝してるんだ」

思いがけない優しい言葉に、千絵は少し狼狽《ろうばい》した。

「司……」

「そのお返しって言うのもなんだけど、この芝居はどうしても千絵に見てもらいたいんだ。なんなら、彼氏と来てくれてもいい。この間一緒だった男と付き合ってるんだろう」

千絵は足元に視線を落とした。

「そりゃそうだよな、場所が場所だもんな、当然だよな」

「司も、あの年上の女と一緒だったじゃない。司こそ、あの人と付き合ってるんでしょう」

「違うよ。あの人の仕事場があの辺りにあるんだ。資金のことで訪ねて行って、たまま一緒に通っただけさ」

「だったら、すぐ言ってくれればいいじゃない」

「だって、千絵はあの男とそうなんだろう」

「………」

「弁解してもどうせ無駄だって思ったのさ。千絵と、あんな形で終わるのはちょっと心残りだったけど、俺はそんなこと言えるようなこと何もしてやってないし」

それには答えられず、千絵は唇を噛んだ。

「じゃあ、とにかくこれ。待ってるから」

司はチケットを千絵の手に握らせると、背を向けて、アパートの階段を下りていった。

思わず、後を追いかけたい衝動にかられて、千絵は自分を制した。

追いかけて、それでどうするというのだろう。たとえ、あの女とのことが誤解だったとしても、司と別れる気になったのはそればかりが原因じゃない。

気紛れにふっと現れて千絵を抱く司。女の子の影をいつもまとわりつかせている司。今の生活もその日暮らしで、ましてや将来なんて考えることもできない。そんな司にうんざりしていた。

今はもう自分には冴木という存在がある。終わった恋に心惹かれていてもしょうがない。ここで司を追えば、また同じことの繰り返しだ。どう転んでも、司とは千絵が望む結婚なんてできるはずがない。

千絵はドアを閉めて、額をドアに押し当てた。

「これでいいのよ、これでよかったのよ」

手の中でチケットをくしゃりと握り締めながら、何度もそれを呟いた。


ここのところ冴木から誘いがなくて、千絵は少し焦っていた。

何度か寝てしまうと男は逃げ腰になる、というようなことも聞く。まさか冴木に限ってと思うが、ふっと不安にかられるときもある。

だから五日ぶりにデートの電話が入った時は嬉しくて、一も二もなく承諾した。

外で軽く食事をして、冴木のマンションへ向かった。わざわざラブホテルを使うことはないと冴木は言った。それには千絵も同感だった。部屋のほうが気分的にもリラックスできる。それに冴木の部屋に行くことで、早く生活に密着した付き合いになりたいという願望もあった。

ドアを開けたところで、冴木が言った。

「ああ、ビールが切れてたな。ちょっと買ってくるよ。中で待ってて」

「はい」

千絵は先に部屋の中に入った。

いつもながら掃除が行き届いているワンルーム。十畳ばかりの広さがあり、ロフトもついているので、かなりゆったりしている。モノクロを基調にした家具やオーディオはシックにまとめられていて、冴木のセンスが窺《うかが》われた。司のあの、事務所を兼ねた物置みたいなアパートとは大違いだ。

コートを脱ごうとしたとき、電話が鳴りだした。

千絵は目をやった。コールが二度鳴って、電話は留守電に切り替わった。

「はい冴木です。ただ今留守にしております。メッセージをお願いします」

ピーッと発信音。

その後に流れだしたのは女の声だった。千絵は顔を向けた。

「ユミコです。今度の日曜日のデートは二時に銀座の和光の前ね。それから夕食はうちでってママが言ってます。パパもお仕事のことで少し話したいんですって。えっと、イブのレストラン、予約とれたかしら？　帰ったら電話ください」

千絵はコートを脱ぎかけた姿勢のまま、電話を見つめていた。

はっきりこの耳で聞いたのに、彼女の言葉の意味が理解できなかった。

この女はいったい何を言っているんだろう……。

掛け違いをしているんじゃないだろうか。まるで恋人みたいな口をきいて。

最初にそう思い、それから大きな波が打ち寄せるように、現実が襲ってきた。

まさか……まさか、そんなこと……だって恋人はこの私なんだから。

じゃあ、彼女の言ったことは？

日曜のデート？　冴木はいつも男友達との付き合いがあると言っていた。

うちで夕食？　それは女の両親も公認してるということ？

イブのレストラン？　もう約束ができてるっていうの？

短い彼女の言葉から、さまざまなものが見えてくる。千絵の知らない冴木の生活。冴木の毎日。本当の冴木の姿。

そのとき、ドアが開いた。

「ああ、寒い寒い」

冴木はエアコンのスイッチを入れ、暖かい空気をコートの中に受けとめた。それからチラリとメッセージランプが点滅している電話に目をやった。

「シャワー、先に浴びてきたら」

まるで人払いをするように、冴木は促した。

「ええ……」

千絵は頷いて、バスルームに入った。

すぐにコックをひねる。勢いよくシャワーが出始める。でも、浴びる前に、千絵はドアを薄く開けて、部屋の冴木の様子を窺った。

冴木は電話をしていた。その笑顔。声まで聞こえはしないが、メッセージの彼女に掛けているということはすぐにわかった。

千絵はドアを閉めた。

熱めのシャワーを浴びながら、ようやく頭の中がまとまってきた。

女がいる、冴木には。それも遊び相手なんかじゃない。かなり親密な。私以上の。もしかしたら、結婚の約束をしているくらいの。

じゃあ、私は何なのだ。恋人ではなく、遊び相手ということ？　ウィークデーに寝る女。気軽なセックスフレンド。

そのときになって、千絵は冴木からまだ一度も「好き」とか「愛している」なんて言葉を聞いたことがないことに気がついた。ましてや「結婚」なんてまったくだ。そんなものなくたって、抱き合っている実感がすべてを物語っていると思っていた。

確かめなければ。

千絵は思った。その女が、どこの誰なのか。冴木とどこまで進んでいるのか。

このまま黙って引き下がれない。奪い取るくらいの気持ちを持たなければ。そんな女がいるのなら、そっちを遊びにしてもらうのだ。

冴木は理想の男だ。千絵の求める条件をすべて満たしている。冴木みたいな男はもう二度と現れないかもしれない。ほかの女に取られてしまうのを、黙って指をくわえて見ているわけにはいかない。

シャワーを終えて、バスタオルを巻き、千絵は部屋に戻った。

「ありがとう、お先に。次、使って」

「ああ」

そして冴木がバスルームに入ってゆく。

千絵は電話の前に立った。シャワーを浴びながら考えていたことを、実行するつもりでいた。

リダイヤルボタンを押す。そうすればきっと、さっきのユミコとかいう女のところにかかるはずだ。

千絵はバスルームのドアに近づき、冴木がシャワーを浴び始めたことを確認してから、受話器を上げ、リダイヤルのボタンを押した。

受話器の中で、ピッポッパッと番号が鳴る。

心臓がどきどきした。コールが三度鳴って、受話器が上げられた。

「はい、ハヤサカです」

間違いなく、さっきの女の声だった。

千絵はゴクリと唾《つば》を呑《の》み込んだ。

「ユミコさんですか……？」

「はい、そうですけど。どちらさまでしょう」

言ってしまえばいい。『冴木さんは私の恋人よ。あんたなんか引っ込んでよ』。彼女はどんなに驚くだろう。

「もしもし……？」

ユミコという女の声が怪訝《けげん》なものに変わった。

言ってもいいはずだ。現に、この冴木の部屋にいるのは千絵だ。そして冴木はシャワーを浴びている。千絵とベッドに入るために。

けれど、千絵は唇を震わせ、やがて受話器を置いた。

どうしても言えなかった。言うことが、自分を貶《おとし》めることだということはわかっていた。そんなことをしたって、みじめになるだけだ。

休日のデートの約束も、両親公認の付き合いも、イブのレストランも、すべてがふたりの関係の深さを物語っていた。千絵が何を言ったって、一笑に付されてしまいそうな気がした。

何を言ってるの？　遊ばれてるのは自分でしょう。そんなこと、ちょっと考えればわかるじゃない。

千絵は洋服を身に着けた。それからメモに走り書きをして、テーブルの上に置いた。

「急用を思い出したので、帰ります」

今夜はさすがに、冴木とベッドに入る気にはなれなかった。

玄関ドアを閉めるときも、バスルームからはまだシャワーの音が続いていた。

その日は、眠れないまま夜を過ごした。

暗闇《くらやみ》に目を凝らしながら、自分を何とか救おうと、いろんなケースを考えた。

たとえば……冴木は確かにユミコという女と付き合っているが、今は千絵を好きだ。でも、ユミコとは長い付き合いだから簡単に別れることができない。冴木はそれを悩んでいる……けれど、そんなものは三文恋愛小説よりくだらない筋書きだった。

考えれば考えるほど、悪い結果に結びついた。

冴木には別に恋人がいる。そして私とのことは遊びにすぎない。

悔しいけれど、悲しいけれど、どんなに自分を納得させようとしても、これがいちばんぴったりあてはまるのだった。

翌日、ロッカー室で千絵の目が赤く顔が少しむくんでいることを、目ざとく小田ゆかりに指摘された。

「あら、どうしたんですか、その顔。まるで朝帰りみたい、そろそろお肌に響く年なんだから気をつけなきゃ、吉沢先輩」

余計なお世話だと思う。あんたに肌の心配なんかしてもらわなくたっていい。そんなことより、私より先に出社して、机の上を雑巾《ぞうきん》がけしろ。

重い足取りでオフィスに向かった。その途中、第一販売部の早坂部長とすれ違った。千絵は丁寧に挨拶をした。

「おはようございます」

気難しくて権力誇示タイプの早坂部長は、部下の挨拶にはひどく口うるさい。他部署の社員にも、ねちっこく皮肉を言う。千絵も以前、絞られたことがある。

そこで、ハッとした。

「早坂、早坂……」

その名を口の中で繰り返した。

確か、ゆうべのユミコという女の名字もハヤサカだった。

同じ音だ。偶然だろうか。まさかと思う。

第二販売部の冴木が、対立する第一販売部の早坂部長とかかわるわけがない。

それでも千絵は確かめたかった。もしこれが同じ早坂であったら、話は思わぬ方向に進んでゆく……

すぐに千絵は恭子に連絡を入れた。彼女は人事部だ。社員の家族構成を調べることなど、朝めし前だ。

「第一販売部の早坂部長？　家族構成なんか調べてどうすんのよ」

電話の向こうで、恭子がのんびりとした声で言った。

「いいから、調べてったら」

「五分後に内線する」

そしてきっかり五分後、答えが返ってきた。

「妻、信子、四十九歳、専業主婦。長女、友子、二十六歳、二年前結婚してる。次女、裕美子、二十三歳、現在家事手伝い、つまり花嫁修業中。とまあ、こんなところかな」

千絵は唇を嚙んだ。裕美子の花嫁修業中というのは決定打だった。

「……そう、ありがとう」

「ねえねえ、ところでどう？　その後、彼とはうまくいってる？」

「その話は今度する」

千絵は電話を切った。

やはり、早坂部長だった。裕美子は娘。その子と冴木は結婚につながるような付き合いをしている。

しかし、だ。だとすると、これはいったいどういうことだろう。

須崎部長の下にいながら、敵対する部長の娘と付き合っている。冴木はいったい何を考えているのだろう。

千絵はぼんやりと、デスクに向かう冴木を見つめた。

日曜日、居ても立ってもいられなかった。

あの留守電のメッセージが、ずっと耳に残っているからだ。

「二時に銀座の和光の前ね」

彼女はそう言った。そこに行けば、裕美子という女をこの目で見ることができる。

冴木をまだ、あきらめたわけじゃない。どこかで期待を持っている。意地もある。プライドもある。遊ばれたと認めるのはまだ早い。その女から奪い取るということもできないことはない。私は決してブスじゃない。まだ二十三歳だ。街を歩けばナンパの声もかかる。このまま引き下がってしまうなんて、悔しくてできない。

そんな思いが、千絵を冴木と裕美子の待ち合わせの場所へと向かわせていた。

銀座四丁目の交差点にある和光の前は人でいっぱいだった。千絵は十五分前には、そこに到着していた。もちろん、ウインドーの前には立たない。隣りのビルの庇《ひさし》の下から、半分だけ顔を出し、様子を窺った。

二時三分前に、冴木が姿を現した。

約束より早い。千絵と会うときは、いつも遅れるのが普通だ。

二時七分。冴木の前にひとりの女が立った。

彼女が、早坂裕美子。

千絵は目を凝らした。

背中まである長い髪を、花飾りのついた髪どめで留めるという、もっともお嬢様らしいヘアスタイルをしていた。ベージュ色のコートは見ただけでカシミアとわかる。そんなに美人というわけではないところが救いだったが、肌が白く、育ちのよさそうな雰囲気がさも男に好まれそうだった。

ふたりは肩を並べて歩き始めた。

もちろん、千絵は後を追った。しばらくして、ふたりは裏通りの落ち着いた感じの喫茶店に入った。ガラス窓から彼らがどこに座るか確認し、少し遅れて、千絵も入った。

顔を見られないよう気を遣いながら、あいていた席に腰を下ろした。

さすがに話し声は、ここまで聞こえない。ふたりの表情が窺えるだけだ。けれど、それで十分だった。ふたりがどういう関係なのか。冴木がどれほど彼女に気を遣っているか。彼女がどれほど冴木に心を委《ゆだ》ねているか。

交わす目つきから、こぼれる笑顔から、甘えた仕草から、伝わってきた。

すべてを認めざるを得なかった。

軽い吐き気がした。わかっていた。そんなことなど、本当は。あの留守電のメッセージを聞いたときからわかっていた。

なのに、ここまで確認しなければ、どうしても治まらなかったのだ。

運ばれてきたコーヒーが、口をつけないうちにどんどん冷めてゆくのを、千絵はぼんやり眺めていた。

自分はこれからどうすればいいのだろう。見せつけられるのを、かきむしられるような気持ちで眺めるだけ。黙って、帰ってしまうだけ。そうして、冴木に捨てられるだけ。

千絵は膝の上で拳《こぶし》を握り締めた。

捨てられる？

冗談じゃない。

このまま、負けを認めてしまうなんていやだ。黙って身を引くなんて馬鹿馬鹿しい。そんな綺麗事で満足するような女になんかなりたくない。

イザとなれば、鼠《ねずみ》だって猫を噛む。遊びの女だって、自分の存在の刻印を押せる。それくらいのことはしてもいいはずだ。

千絵は椅子から立ち上がった。

そして迷うことなく、ふたりの席に近づいた。

「あら、冴木さん、偶然ね」

千絵は思い切り明るい声で、冴木の前に立った。

顔を上げた冴木の表情が、面白いほどみるみる強張ってゆく。

もう、千絵の胆《はら》は据わっていた。千絵は冴木を一瞥《いちべつ》すると、女のほうに笑顔を向けた。

「こんにちは」

「ええ、どうも、こんにちは」

何も知らない彼女は、戸惑いながらも、愛想よい笑顔を返した。

「私、冴木さんと同じ職場にいるんです。冴木さんにはとってもお世話になってます」

「そうなんですか」

「あなた、裕美子さんですよね」

「ええ」

「今夜は裕美子さんのおうちで夕食ね。そうそう、イブのレストランの予約はとれた?」

裕美子が目を丸くして千絵を見つめている。

千絵は精一杯、無邪気な笑顔を作った。

「あら、私ったらついつまんないお喋りをしちゃったわ。冴木さんのマンションで留守電のメッセージを聞いたものだから、つい気になっちゃって。お邪魔してごめんなさいね」

それからふたりのそばを離れ、レジに向かった。

この後、ふたりはどんな会話を交わすのだろう。どんな言い訳を冴木はするのだろう。

裕美子に罪はないかもしれない。けれど、人は時には理不尽な罰を受けなければならないこともある。千絵もそうだったのだから。

外に出ると、スコンと突き抜けたような青空が広がっていた。

千絵は手をかざして仰いだ。

けれど、気持ちはこの空のようにはいかない。一瞬の爽快《そうかい》さはあっても、そんなものは喉元だけのことだ。

今、残っているのは苦さだけだ。自己嫌悪だけだ。

千絵は落ち込んでゆく心をやっとの思いで支えながら、早く自分の部屋で泣きたいと思った。


その夜遅く、想像どおり、冴木から強張った声で呼び出しの電話が入った。

「話がある。近くにいるんだ、ちょっと出てきてくれないか」

冴木は駅前のファミレスの名を告げた。

「わかった」

千絵は電話を切って、小さく息を吐き出した。

当然のことと、覚悟はしていた。あんなことをしてしまったのだ。けれど逆に、冴木にも覚悟してもらいたい。あんなことを千絵にさせたのは、結局は冴木なのだ。

とにかく、落ち着かなければ。

こうなった以上、未練がましい態度だけは見せたくなかった。冷静に、冷酷に接してやろう。なにせ千絵は、冴木が早坂部長の娘と付き合っていることを知っている。それが周りにバレたら、今の彼の立場はなくなる。

千絵は自分に気合いを入れて、待ち合わせの場所に向かった。

今日は、冴木のほうが先に来ていた。千絵は向かい側に腰を下ろすと、コーヒーを注文した。それからゆっくり、冴木に目を向けた。

「話って何かしら？」

冴木はできるだけ穏便に話を進めたいと考えているらしい。目つきの厳しさとは裏腹に、言葉は優しい。

「ごめん、急に呼び出したりして」

「いいのよ、気にしないで」

「いろんな意味で、僕たち誤解があったと思うんだ。そこをうまく解決したいと思うんだ」

「誤解？　何のことかしら」

「だから、僕たちのことさ」

「私がどう誤解してるって言うの？」

千絵はわざと言った。

「何て言うのかな……君のことは好きだよ、うん、とっても好きだ。だけど、好きっていうのにもいろいろあるだろう。君とは、うーん、そうだな、彼とか彼女とかいうより、もっとドライな付き合いだって考えてたんだ。ほら、最初に食事に誘ったのも君だったし、ホテルにもあっさりOKしただろう。だからてっきり君もそうだとばかり思ってた」

千絵は顔をそむけた。

「それ、どういう意味？　まるで、私を誰とでも寝るような女みたいに言わないで」

「いや、そんなつもりじゃないんだ」

「私はまじめな気持ちで冴木さんと付き合ってたわ」

「いや、そう言われても」

「別れて」

「え？」

「彼女と別れて」

探るように千絵は言ってみた。

冴木は今度ははっきりと迷惑な顔をした。

「バカなことを」

「どうしてバカなことなの？」

「勘弁してくれよ、そんなことできるわけないだろう」

「どうして」

「彼女とは来年には結婚する予定だ」

覚悟していたこととはいえ、心に亀裂が走った。

「まだ結婚したわけじゃないんだもの。そんなの解消すればいいじゃない。何なら、私が彼女に直接交渉したっていい」

「いい加減にしろよ」

さすがに冴木は声を荒らげた。

「そんなことをしてどうなるんだ。君は僕のことなんか好きじゃないのさ。早くそのことに気がつけよ。もし好きだとしても、それは僕じゃない、僕というブランドが好きなだけさ」

千絵は黙り込んだ。

冴木は今がチャンスとばかり、畳み込むように続けた。

「ね、わかるだろう、所詮、僕はこんな卑怯《ひきょう》な男なんだよ。自分のことしか考えない自己中心的な男なんだよ。もう、いいじゃないか。僕みたいな男には愛想をつかして、もっといい男を探せよ。それが君のためだよ。いるさ、君にふさわしい相手が、僕なんかよりずっと」

千絵はおなかの底から湧き立つ怒りを必死に抑えた。

何をひとりで納得したようなことを言っているのだ。千絵の自尊心をくすぐって、うまくこの場を切り抜けようというのだろうか。

その手には乗らない。口の達者な男ほど、自分の言葉を信用していない。言いくるめられてたまるものか。

千絵は笑顔を作った。

「言っておくけど、話を締め括《くく》るのはあなたじゃなくて、私なのよ」

冴木は眉をひそめた。

「いったい、僕にどうしろと言うんだ。金でも要求するつもりなのか」

「あら、それもいいわね。口止め料として一億円ぐらいどう?」

「悪い冗談はよせよ」

フンと鼻であしらう。

千絵は受けて立った。

「冗談なんかじゃない。私は、あなたの付き合ってるあの裕美子さんが、第一販売部の早坂部長の娘だってことを知ってるのよ。それがどういう意味を持ってるか、私にだって察しがつく」

冴木の表情が変わった。

「あなた、早坂部長からスパイとして送り込まれてきたんでしょう。今度の重役選、ふたりの一騎打ちですもんね。須崎部長の弱みを握るため。もしくは戦略を探るため」

「………」

「私がこのことを須崎部長に話したらどうなるかしら」

しばらく、冴木は沈黙した。頭の中でさまざまな損得勘定をしているらしかった。

お互い、手もつけていないコーヒーはすっかり冷めてしまっている。

店の客の入れ替わりが激しいが、雑音は苦にならなかった。お互いの言葉以外、耳が反応しなかった。

ようやく冴木が顔を向けた。

その顔に自信のようなものが見えて、千絵はちょっと不安になった。

「そうか、わかった。だったらバラしてしまえばいいさ。もう、僕の役目はほとんど終わったんだ。誰に知られようが、そんなことどちらでもいい。重役選は早坂部長の勝ちと決まったようなものだからね。僕はすぐに第一販売部に迎えられて、彼女と結婚する。それから、もう一度ロスに戻り、いずれは支店長の椅子をいただくことになっている。だから、どうぞ好きなように」

千絵の声が震える。

「でも、私とのことを知ったら、彼女は結婚をOKするかしら」

「彼女は僕を信じるさ。なにしろ、僕には父親が力強い味方になってくれるんだから。

そうだな、君のことは僕に勝手に片想いしているストーカーまがいの子とでも言っておくか」

千絵の頬が強張った。形勢はすでに逆転していた。

冴木はすっかり余裕を取り戻していた。

「僕はいいんだ。バレて困るのは、本当は君だろう。僕と何かあったって、会社の中で評判になってもいいのかい。みんなに興味津々《しんしん》の目で見られて、ついでに、僕の手助けをしたと思われるかもしれないんだよ。僕は海外に行くからいいけど、君こそ居場所がなくなるのじゃないのかな」

「あなただって、会社の人の信頼をなくして、もう本社に戻ってこられないかもしれないじゃない」

「僕の上には早坂部長、いやそのころは常務か専務だ、そういう人がついてくれているんだ。何も怖いものなんかないさ」

「…………」

「会社にいられなくなるなんて損じゃないか。こんなことで次の就職口を探すつもりかい？　この不景気にどんな仕事があるっていうんだ。みんな忘れよう。それがいちばんいいんだよ。君とのベッドは楽しかった。それでいいじゃないか。コトを荒立てることなんかどこにもないさ」

言い返す言葉を持たない自分が情けなかった。

ここで「会社なんか辞めたって構わない！」とタンカを切れたら、どんなにスッキリするだろう。でも、そんなスッキリは一瞬のことだ。確かにこの不景気に、今の会社を辞めたら次を探すのは難しい。

悔しいけれど、冴木に負けていた。冴木の言うとおりだった。

冴木は満足そうに口元を緩めている。その表情を見ながら、たとえ少しの間でも、本気でこんな男を好きだった自分が、情けなくてたまらなかった。

千絵は肩を落とし、膝に視線を滑らした。

「じゃあ、これでケリがついたってことだね」

「………………」

「すぐクリスマス・イブだ。お互い、いいイブを迎えられそうだね」

千絵は顔を上げなかった。上げて、冴木の顔を見たら、逆上して何かしでかしてしまいそうな気がした。

冴木が席を立ち、店を出てゆく。

残された千絵は、まるでメドゥーサに見つめられたように、身体が固まって動くことさえできずにいた。

8 瑞子、孤独なレストラン

今夜はクリスマス・イブ。

瑞子のマンションの窓に映る街の明かりは、いつもよりいっそう輝いている。

今夜はあの明かりのもと、愛し合うカップルも、とりあえずのカップルも、聖夜をイベントとして心ゆくまで楽しんでいるだろう。

たとえ人でいっぱいのレストランでも、たとえ隣りも同じことをしているホテルでも、そんなことは構いやしない。いや、人がいなければ盛り上がらない。見ているのは相手ではなく、隣りのカップルだ。どちらが高価なプレゼントを用意し、どちらが今夜にお金をかけるか。楽しむことに関して、彼らはいつも偏差値を気にしている。

イブをひとりで過ごすのにはもう慣れていた。

若いときは、三百六十四日ひとりぼっちでもいいから、イブだけは誰かと一緒にいたかった。そのための彼を探すのに必死だった。

そんなあのころが懐かしい。若さゆえの浅ましさと健気さは、それなりのエネルギーだったように思う。

でも今は、ひとりで寂しいとは思わない。

確かに少しの侘《わび》しさは感じるが、ひとりを満喫する快適さを覚えてしまうと、それさえもオツに味わうことができるようになる。そうやって、ずっと暮らしてきた。

なのに、今年のイブに限って、去年とは少し違っていた。やけに寂しさがこたえる。

それは一瞬だったとしても、期待を持ってしまったからだ。

もしかしたら自分にも、ありきたりだけれど一緒に過ごせる相手が……なんてことを。

そうしたらこのザマだ。こっぴどく、しっぺ返しをくらっている。

いいや、しっぺ返しどころじゃない。冴木にファイルを覗かれ、須崎部長が必死になって進めていた契約を、直前でフイにしてしまった。

その責任は強く感じていた。

須崎部長にはまだ何も話していないが、じきに話さなければならないだろう。どんな顔をして、それを告げればいいのだろう。謝るだけで済まされるはずもない。瑞子は会社を辞めることを考えていた。

でも、辞めるにしても、このままでは引き下がれない。冴木に一矢《いっし》を報いなければ、気持ちが治まらない。

どんな方法で、彼にダメージを与えるべきか……

瑞子はあの日からそれをずっと考えていた。

その時、チャイムが鳴った。

時計を見ると九時を過ぎている。こんな時間に誰だろう。

史郎の顔が浮かんだが、そんなわけはない。今ごろは家族揃って、イチゴののったケーキを頬張っているに決まっている。

瑞子はインターホンを手にした。

「どちらさまですか」

「いたいた、やっぱりいた。わ、た、し、です」

「え？」

女の声だ。ふざけた答え方をする。友達の美和子かとも考えたが、声が違う。

「あなたの後輩、吉沢千絵でーす」

「吉沢さん？」

驚いて、目をしばたたいた。

「飲みましょうよ、先輩。たまには後輩と一緒もいいでしょう。シャンパン買ってきたんです」

「ちょっと待って」

瑞子は玄関に向かった。

なぜ、千絵が来たのかわからない。前触れもなくこんな夜。それもイブだというのに。

ドアを開けると、倒れ込むように千絵が入ってきた。

「メリー・クリスマス！」

千絵はクラッカーを鳴らした。飛び散る色とりどりのテープ。千絵はもうかなり飲んでいるらしく、すっかり上機嫌だ。

「はい、シャンパン」

瑞子はあきれ顔をした。

「どういうことなの、いったい？」

「やだ、そんな怖い顔で睨《にら》まないでくださいよ。ここを探すの大変だったんですから。来るの初めてなんだもの」

誰も来いなんて言ってない。

「別に睨んでやしないけど、何かあったの？」

「川原さん、私……」

千絵は急に顔をくしゃくしゃにして、泣きだした。

「ち、ちょっと吉沢さん……」

「行くところ、川原さんのところしか思い浮かばなかったんです。ひとりでアパートで飲んでたんだけど、もう悔しくて、悲しくて、自分にうんざりして……世の中はみんなクリスマスだって浮かれてるのに、何で私だけこんな気持ちでいなきゃいけないのかって……」

千絵は涙で濡れた頬を拭い、今度は人が変わったように、強気の発言をした。

「で、友達のところに電話かけまくったんですけど、みんなデートでいなくって。それで、きっと川原さんなら家にいると思ったんです。ビンゴ。やっぱりいた。想像どおり」

いて悪かったわね、と思う。

千絵の態度はコロコロ変わる。

「それに、せっかくだからいいこと教えてあげます。何だと思います？　ちょっとしたクリスマスプレゼントより価値があるんだから」

「なに？」

「ふふん」

「何なのよ、もったいつけなくてもいいでしょう」

「冴木のヤローのことですよ。これ聞いたら、驚くから川原さん、絶対驚くから。間違いないから」

「どんなことかしら」

冴木と聞いて、瑞子はきわめて冷静な口調で言った。

「私、知ってるんだから。川原さんがあいつと付き合ってたってこと」

まっすぐに見つめられて、瑞子はふっと目をそらした。

「ほーら、図星」

「上がったら」

なげやりな気持ちになって、瑞子は千絵を部屋に上げた。

こんなところで立ち話するような内容ではなかった。

それに瑞子はちょっと狼狽《ろうばい》していて、それを千絵に悟られたくなかった。

リビングに入ると、千絵は興味深そうに部屋の中を眺め回した。こんなときでもしっかり観察するのはさすがに女だ。

「広いわぁ、私のアパートとは大違い。これ分譲なんでしょう。管理費は？　頭金は？　ローンは？」

瑞子はすべて無視して言った。

「顔を洗って、少しは酔いを醒ましなさいよ。バスルームは向こうにあるわ。タオルは適当なの使って。その間に熱いコーヒーを用意しておくから」

「せっかくシャンパン持ってきたのに」

「酔っ払い相手じゃ、まともに喋る気にもなれない」

千絵は一瞬不満そうな顔をしたものの、やがてバスルームに入っていった。

その間に瑞子はキッチンに立ち、コーヒーをいれた。

冴木のことだと千絵は言った。冴木のいったい何だろう。千絵が自分と冴木のことを知っていたとは意外だった。それより、千絵は冴木と付き合っているはずではないか。いったい私に何を知らせようというのだ。

バスルームから大声がした。

「川原さーん、ついでにクレンジングしちゃっていいですか。化粧水と乳液も貸してください」

「どうぞ」

勝手にすればいい。年下OLの図々しさにはもう慣れっこだ。

コーヒーが沸いたのと、千絵がバスルームから出てきたのと、ほぼ同時だった。

いくらか酔いも醒めたようだ。千絵は少しは殊勝な態度になっていた。

「どうぞ」

コーヒーを出すと、ソファで千絵はぺこりと頭を下げた。

「すみません、いただきます」

ふうっと息を吹きかけ、それをする。

瑞子は向かい側から眺めた。

「それで？」

でも、さっきまでの威勢のよさはなく、千絵は黙り込んだ。

「あの男のことで、私に何か言いたいことがあるんでしょう」

「………」

「だったら、はっきり言ったら」

その言葉に煽《あお》られるように、ようやく千絵が話しだした。

「単刀直入に言います。冴木は第一販売部の早坂部長のスパイです。須崎部長のことを探るために、うちの部に入ってきたんです」

瑞子は顔を向けた。

「吉沢さん、あなた、どこでそれを？」

「本人から聞きました」

「そう」

「川原さん、驚かないんですか」

「知ってたわ」

千絵は目を丸くした。

「えっ、本当に。いつですか？」

「最近よ。そう、つい最近知ったの」

「そうだったんですか、川原さんも……」

「してやられたわ、まったく」

千絵は上目遣いで瑞子を見ながら、ストレートに尋ねた。

「川原さん、聞いてもいいですか」

「なに？」

「冴木さんのこと好きだったんですか？」

「まさか」

瑞子は一笑に付した。

「ふたりが一緒のところ見ました。会社でも親密そうだったし」

「彼と付き合ってたのはあなたでしょう」

今度は千絵が驚いている。

「え……どうして、それ」

「給湯室でのお喋りは気をつけなくちゃね。聞いたわ、人事の子と話してたの」

「あれを……」

千絵はしばらく口ごもった。それから覚悟を決めたように顔を上げた。

「でも、ふられました。彼にとっては最初から遊びだったんです。早坂部長の娘と来年結婚するんですって。そんなことにも気づかず、私ったらバカみたい」

千絵の顔は怒りと嘆きで歪《ゆが》んでいた。

瑞子はふっと息を吐き出した。結局、冴木は欲と色とを、うまく瑞子と千絵で使い分けていたということだ。

千絵が何を勘違いしたのか、憤慨したように言った。

「あ、川原さん、今、笑ったでしょう。私のこと、バカな女だって笑ったでしょう」

すっかり気色《けしき》ばんでいる。

「まさか」

「いいえ、笑った、確かに笑った」

「笑ってない」

「川原さん、他人のこと言えますか。あの男に何て言われたか知らないけど、八歳も年下なのにすっかりその気になってたでしょう。オフィスで、見てて恥ずかしいったらなかった。年がいもなく、妙に色っぽい目をしたり、甘えた声なんか出すんだから」

さすがに頭にきて、瑞子も黙っていられなくなった。

「変な言いがかりつけないでよ。私がいつそんな目をしたのよ。言っておくけど、私は自分から尻尾を振るような真似《まね》は一度もしなかったわよ。あっちがしつこく誘ってきたから、仕方なく付き合ってやっただけよ」

「そんなの、負け惜しみにしか聞こえない」

「あなたと一緒にしないでよ。ちょっといい男と見れば目の色変えて、仕事なんかほっぽりだして追っかけて。そんなんだからロクな男が引っかからないのよ」

「引っかからなかったのは川原さんでしょう。だから今まで結婚もできなかったんでしょう」

「できなかったんじゃない、しなかったのよ。自分で選んでそうしたのよ」

「どうして三十五歳になって、若い私と張り合おうとするかな」

「いつしたのよ、私が」

「しなかったって、本当に言えます？」

一瞬、言葉に詰まった。

「女は若いが勝ちなんです。いろいろ言ったって、所詮それに決まってるんです」

「私は、自分を若さでしか測れないようなくだらない女は相手にしない。ハッキリ言わせてもらうけど、あなたなんか眼中にない。無能で、軽薄で、男の目の中でしか生きられないような女になんか、興味はないの」

「ひどい、何もそこまで言わなくても」

少しだけ、瑞子は言い過ぎたことを後悔した。

「でもね」

千絵が顔を上げた。

「あいつが川原さんに近づいたのは、結局、利用するためだったんだし、川原さんもそれに乗ってしまったわけでしょう。自分だって十分無能で軽薄じゃないですか」

少しでも後悔した自分を、瑞子は後悔した。

「あなただって、セックス処理のために利用されたでしょ」

「仕事のためより、そっちのほうがまだマシ。女としての魅力があったからこそだもの」

「頭の中がカラッポだから気楽に誘われたってことがどうしてわからないのかしら。それを魅力的だと勘違いするなんて、あなたってやっぱり相当なバカね」

千絵は顔を赤くした。言い返す言葉を探して、思考が頭中を走り回っている。

でも、出てこない。そのもどかしさに唇を震わせている。

瑞子が言葉で負けるはずはなかった。一回りも年下の女の子なんて、言い負かすのは簡単だ。今まで、年上の女や、口の達者な男たちに何度も言い負かされてきた。それくらい年季の入った保身のワザだ。

案の定、千絵は肩を震わせながら泣き始めた。

「ひどい。川原さん、後輩いじめて楽しいですか」

「後輩にもよるけどね」

瑞子は淡々と答えた。言葉に詰まるとすぐに泣き出す。パターンすぎて同情する気さえ起きない。

「私なんか、私なんか、どうせバカだから……」

瑞子はソファに寄りかかり、ため息をついた。

確かに、この子はバカだと思う。自分の若さに傲慢《ごうまん》なくらい自信を持っているくせに、もう年下の女の子たちに脅威を感じ、恋愛や結婚以外に生きていることの価値を見出せず、いつも何かいいことがないかと、熱砂の上の動物みたいに飛び跳ねている。

目の前で泣く千絵を見つめながら、瑞子は思った。

けれど、自分もそうだった。あのころ、いったい自分はどこに立っているのか、何を見つめているのか、欲しいものは何なのか、どこに行けばいいのか、わからなくてただ夢中で若さを消耗していた。

彼女はバカなのではない。見えないのだ。誰でもなく、自分自身が。

「悪かったわ」

瑞子はふと愛《いと》しい気持ちになって言った。

「今さらそんな心にもないこと言ってもダメです」

千絵は頑《かたく》なな表情でそっぽを向いた。

「でも、あなたも謝るべきなんじゃないの？　私にとても失礼なこと言ったのよ」

「…………」

「年上の女は傷つかないとでも思ってるの」

しばらくの沈黙の後、千絵は首をたれた。

「……いいえ。すみませんでした。言い過ぎました」

「やっぱり飲も」

瑞子はソファから立ち上がった。

キッチンからグラスを持ってきて、テーブルの上に置いた。シャンパンは千絵が開けた。いい音がして栓が抜け、泡が瓶の口から溢れ出た。

注いでから、瑞子はグラスを目の高さにまで持ち上げた。

「とにかく、乾杯しよ」

「はい」

グラスの音が小気味よく耳に届いた。奮発したらしい、シャンパンはなかなかよいものだった。瑞子は、すぐに飲み干した。

「考えてみたら、どうして、あいつに利用された者同士でけなし合わなきゃならないの。あんな男のために、いやな思いの上塗りをするなんてたくさん」

千絵が納得したように頷いた。

「本当にそう。考えてみれば、私たちがケンカするのっておかしいですよね」

「ねえ、あなた、あいつに仕返ししたいと思ってる？」

「そりゃあ、もちろん。でも、どうやって？」

「そりゃ、いろいろ方法はあると思うけど」

「私、あいつに言われちゃったんです。バレたら損するのは私だって。会社にいられなくなるって」

「そう、とんでもない奴ね」

瑞子は腕を組んだ。

「私、実はちょっと考えてることがあるの」

「どんなことですか？」

千絵がいくらか身を乗り出した。

「あの男、私が正体を知っていること、まだ気がついてないのよ」

「ええ、知っているのは私だけだと思ってるみたいです」

「それを利用するの」

「でもそろそろ、あいつは早坂部長のもとに移るみたいですよ。もう、自分の役目はほとんど終わったからなんて言ってたから」

「じゃあ急がないとね」

「どんな……？」

「うまくいくかわからない。でも、このまま何もしないで、あいつをのさばらせておくわけにはいかないわ。それが、私の意地ってもんよ」

「教えてください。私にできることがあったら、何でもします」

「本当に？」

「もちろん」

瑞子はゆっくりと身体を前に傾けた。

千絵の目が輝きだす。

ふたりは顔を寄せ合った。


チャンスは意外と早く巡ってきた。

年明け早々、千絵から報告が入った。

真冬の屋上は誰も上がってこない。寒さには閉口したが、秘密の会話をするにはもってこいの場所だ。

「わかりました。早坂部長の出張、今週三日間あって三日目の午後に出勤だそうです」

「よく聞き出せたわね。で、尾形《おがた》さんに何かされたりしなかった？」

「ま、手を握らせることぐらいはさせてやりましたけど。調子に乗ってキスまでしようとするんですよ、男ってどうしてああも図々しいのかしら」

「それで、どうしたの」

「それは今度ねって焦《じ》らしときました」

千絵はこともなげに言った。早坂部長の動向を探るために、側近のひとりである尾形に、千絵は色仕掛けで迫ったのだった。

「大変だったでしょ」

「ぜんぜん簡単でしたよ。尾形さんに前々から憧れてたとか、尾形さんみたいな人と結婚できたらいいなぁ、なんてヨイショしたら、すっかり気をよくしてペロッて喋ってくれたんです。三十半ばの結婚しそびれた男って、若いのに弱いから」

瑞子は苦笑した。

「あ、ごめんなさい」

千絵が首を竦《すく》めている。尾形と瑞子はほぼ同期である。

「いいのよ。まあ、尾形さんには弱みにつけこんだみたいで悪いけど」

もし、瑞子がそれを調べるとなると、かなり手間がかかっただろう。瑞子は須崎部長のお気に入りと知られている。下手に探りを入れると勘繰られる。その点、千絵ならたとえ須崎部長の下にいても、事務職のお気楽ＯＬであちらも警戒しない。ましてや若いＯＬに飲みに誘われて、悪い気がするはずがない。スケベ心もたっぷり忍ばせていただろう。

「今回の出張先は韓国だそうです。これがなんとお忍びなので、スケジュールや宿泊するホテルを把握しているのは尾形さんだけで、家にも詳しいことは言ってないんですって。携帯もつながらないらしくて緊急時の連絡先を知ってるのは、自分だけだって尾形さん自慢そうに言ってたから、間違いないと思います」

「じゃあ尾形さんさえ押さえておけば、冴木は、出張中の早坂部長に連絡を取ることはできないのね」

「そうです」

「じゃあ、大変だろうけど、その日はまたお願いね」

「任せといてください。しっかり尾形さんを引っ張り出しますからね。ベロベロに酔わせて、次の日、二日酔いで休ませてみせます」

「頼んだわよ。冴木が早坂部長に連絡を取ろうとしても、取れないってところがいちばんのポイントになるんだから」

「わかりました」

いよいよだった。

いよいよ、計画がスタートする。

オフィスに戻ると、瑞子はデスクに向かう冴木を眺めた。

悪びれもせず同僚と談笑する冴木。早坂部長の犬となり、第二販売部に紛れ込んで須崎部長を蹴落とした冴木。そのために瑞子を利用した冴木。千絵を弄《もてあそ》んだ冴木。

絶対に許せない。

そのとき、ふっと冴木と目が合った。

ほほ笑む冴木。

瑞子が正体を知っていることを、まだ彼は知らない。

今のうちよ。そんな顔でいられるのは……

瑞子はとっておきの笑顔で応えた。


早坂部長が出張に出掛けたその日。

瑞子は冴木をデートに誘った。

「仕事のことで、ちょっと聞いてもらいたいことがあるの」

と言うと、冴木はすぐにＯＫした。まだまだ瑞子を利用できると踏んでいるらしい。

瑞子はいくらか緊張していた。今から仕掛けようとしていることは、早坂部長の連絡先を冴木が知らないことで成り立つ。冴木は早坂部長の腹心だ。知っている可能性がないとは言えない。そうすれば何もかもがチャラだ。ダメージを受けるのは瑞子のほうかもしれない。けれどこのままでは引き下がれない。これは賭《か》けだ。表と出るか、裏と出るか……

出掛けたのは、恵比寿の高層ビルの最上階にあるレストランだ。ふたりは窓際の席に座り、向き合った。窓からお台場やレインボーブリッジが見える。照明が夜空に映えてうっとりするくらい美しい。

最初はごく普通の世間話をした。けれど、冴木は仕事の話が聞きたくてたまらないようだった。自分のとった行為が、須崎部長にどれぐらいダメージを与えているか、それを聞き出したくて仕方がないのだろう。

「その後、どう、須崎部長の仕事のほうは？」

早速、探りを入れてきた。

瑞子はワイングラスに手を伸ばした。

「それが」

瑞子は言葉を濁した。

「何かあったの？」

期待を押し隠しながら、冴木が身を乗り出す。

「いろいろあって、大変だったの」

「へえ、いろいろってどういうこと？」

とぼけながら冴木が言う。

十分にもったいをつけて、瑞子は切りだした。

「実は須崎部長、ガソリンに代わるエネルギーとしてメタノールを推し進めていたの。それを今度の役員選の切り札にしようとしていたの」

「へえ、そういうことか。でも、いいのかい、そんなこと僕に話して」

「いいの、この計画はもう早坂部長にも知られてしまって、おじゃんになったも同然だから」

「そっか、それは残念だったね」

冴木はほくそ笑むのをこらえながら、とってつけたように、表情を沈ませた。瑞子にはそれが馬鹿馬鹿しいほどよく見える。

「それにしても、メタノールとはさすがは須崎部長だな。目の付けどころが違うよ」

瑞子は怒りが喉元に込み上げてくるのを必死に我慢した。

「もうほとんど実用化もＯＫで、いくつかの企業も受け入れてくれることになってたのね。なのに契約目前で、早坂部長に先手を打たれてしまったの」

「先手って？」

「現在うちからガソリンを入れている企業に対して、大幅に価格を値引きしたの。まだ取引のない企業には、うんと安く提示して無理矢理、横から入り込んだの」

「ふうん、なるほどね」

「本当に、契約までもうちょっとというところだったのよ。悔しいったらないわ。まったく、どこから早坂部長に契約のことが漏れてしまったのかしら。それがわからなくて」

「須崎部長の腹心で寝返ったのがいるんじゃないのかな」

しゃあしゃあとよく言えるものだ。目の前にあるフランスパンを、その口の中にまるごと突っ込んでやりたい。

「腹心って、たとえば?」

「いや、それはわかんないけどさ」

「私はそうは思わない。チームのメンバーは結束も固いし、疑う余地はないと信じてる。きっと、思いもかけないような人がやったのよ」

瑞子はテーブル越しに冴木を眺めた。そんな瑞子の視線に、何かしら不穏なものを感じたのか、冴木は笑いながら言った。

「やだな、まさか僕を疑ってるとか」

瑞子は笑いで答えた。

「まさか、そんなわけないじゃない」

「だよね。僕なんか入社したばかりで、社内の事情について何もわかってないからね。須崎部長と早坂部長の役員選のことだって、最近になってようやく知ったことだし、ましてやメタノールのことなんて聞くのは今日が初めてだし」

　瑞子は甘えた表情で、心を許す顔をする。

「当たり前よ。あなたを信じなくて、誰を信じるというの」

　われながら、なかなかの演技派だと思った。

「じゃあ、次期重役の席は早坂部長に取られてしまうというわけか。須崎部長もさぞ無念だろうな」

　いよいよ本番だった。瑞子はゆったりとほほ笑んだ。

「それが、まだそうでもないの」

「え？」

　冴木の目に驚きと、あざとい光が横切った。

「実はもうひとつ、とっておきの契約があるの。ごく最近に持ちあがった話だから、まだ早坂部長には知られてないのよ。その契約が調《ととの》えば、今までフイにした分も一気に取り返せる。それくらいすごい相手なの。大丈夫、重役選は須崎部長が勝つわ」

　冴木は体を乗り出した。

「へえ、そんな隠し球があるなんて」

「ふふ」

「ねえ、それってどこの企業？」

瑞子は軽くいなした。

「あら、ダメよ、秘密なんだから」

冴木が拗《す》ねた表情をする。

「あ、やっぱり僕のこと信用してないんだ」

「そうじゃないわ」

「さっき、信じてるって言ったじゃないか」

「そうだけど……」

冴木は窓に顔を向け、息を吐き出した。

「悲しいなぁ、僕。いったいいつになったら、あなたに一人前に扱ってもらえるんだろう。あなたからしたら、頼りなく見えるかもしれないけど、これでも川原さんのこと真剣に考えているんだ。少しでも力になりたいって、いつも思ってるんだ」

それを、うっすらと涙さえ浮かべて冴木は言うのだった。

瑞子はあきれるのを通り越して感心した。ここまでやるか、という感じだった。彼のひとつの才能と言えるだろう。

「ありがとう、嬉しい」

「だったら」

瑞子は頷いた。

「そうね、冴木さんに秘密なんてね」

「そうだよ、僕とあなたの間だよ」

冴木は胸を張って答えた。

「実はＤ運輸なの」

「え、Ｄ運輸……」

冴木が目を大きく見開いた。

「驚いた？」

「ああ。Ｄ運輸といえばすごい大手だしさ」

「だから言ったでしょう、驚くような相手だって。確か、第一販売部にとっても上得意なんじゃないかしら」

「本当に、ガソリンからメタノールに替えるって言ってるのか」

「最初から全面的というわけにはいかないけど、とりあえず本社のトラックの燃料はメタノールに替えるってことになるみたい。それから徐々に切り替えてゆくことになりそうよ。ほら、Ｄ運輸ってこの間から汚職問題でいろいろ叩かれたでしょう。イメージアップのためにも、環境汚染対策を率先して推進してゆくってポーズをとりたいみたい」

「じゃあ、今までのガソリンはどうなるんだ」

「もちろんストップするでしょうね。これを聞いたら早坂部長ひっくり返るわよ、きっと」

冴木の顔に困惑の色が見える。瑞子はそんな冴木の表情を見逃すまいと眺めている。

「なるほど……それはすごいな」

「でしょう」

「で、その契約っていうのはいつ？」

「それが、明日なの」

「えっ、明日だって！」

冴木の声が裏返った。

「あら、どうかした？」

「いや、別に。ばかに急だなって」

「今度は早坂部長に知られずにコトを進めたいでしょう。もし事前に耳に入ったら、また前と同じに、ガソリンの価格を下げられてしまう。そんなことされたら、さすがのD運輸だって心変わりしないとも限らないもの」

「そうだね、確かにそうだ。で、契約は本当に明日なのかい？」

「ええ、そうよ。間違いない。だって契約書は私が作ったんだもの」

「そうか。それでD運輸の窓口は誰かな、なんて」

「うーん、何ていったかしら、確か資材部長だったはずよ。なんでもすごいタヌキなんですって。計算高くて、自分からは何も言わない人らしい。だから須崎部長も苦労したみたい。条件についても最初から駆け引きなしで、どんとぶつかったんですって」

「ふうん、そんな相手か」

「ねえ、ワイン、もう少し頼む？」

「いや、もう今日はこのくらいで。ちょっとごめん、失礼するよ」

冴木は席を立った。電話を掛けに行くらしい。瑞子はその姿をゆっくりと目で追った。しばらく、冴木は帰ってこなかった。連絡を取っているのは、たぶん尾形だ。でも、尾形は今ごろ千絵と飲んだくれている。

ようやく席に戻ってきた冴木は、落ち着かない顔をしていた。

「どうかしたの？」

涼しい顔で瑞子は尋ねる。

「いや、別に」

冴木は半ばうわの空で答えた。早くこのことを早坂部長に知らせたくてたまらないのだろう。けれど、居場所がわからない。それを知っている尾形には連絡が取れない。

「食事の後は、どこに飲みに行く？」

「いや、ごめん。今日はちょっと都合が悪いんだ」

「あら」

「今度また」

「そうね」

でも、もう今度はない。こうしてふたりで向かい合うのは今夜が最後だ。

レストランを出ると、冴木は慌ててタクシーを止めた。

「悪いけど、先にいいかい」

「ええ、どうぞ」

冴木はもう瑞子のことなど構っていられないという感じだった。

「さよなら」

冴木が乗り込んだタクシーの赤いテールランプに向かって瑞子は言った。

それからゆっくりした足取りで、地下鉄の駅に向かって歩きだした。


翌日。

瑞子と千絵はまた屋上に出ていた。

風がなくて、今日は少しは暖かい。

「尾形さん、ちゃんと今日、休んだでしょう。今ごろベッドの中で、二日酔いでウンウン唸《うな》ってるわ」

千絵は少し自慢げに言った。

「ご苦労さま」

「これがよく飲むの。こっちが先につぶれたらどうしようって思った。でも、緊張してるとさすがね、どれだけ飲んでもちっとも酔わないの」

「何かされなかった？」

「なったわよ、キスされそうに。でも、あなたのアパートに行ってからって言ったら、すっかりその気になって。でも、酔い過ぎて何もできないままダウンよ」

それから千絵は付け加えた。

「予定どおり、部屋の電話のモジュラーも抜いておいたし、携帯は電源を切って押入れの中に放りこんでおいた」

瑞子は改めて千絵を見直した。

「やるわね、吉沢さんも」

「当然」

「じゃあ、冴木も、あとの早坂派の奴らも、もう出張中の早坂部長と連絡が取れないってことね」

「ええ、絶対」

冴木は朝からオフィスにいない。外回りということになっているが、早坂派のメンバーと連絡を取り、D運輸の資材部長に会いに行ったのは間違いなかった。第一販売部のデスクの様子を見れば、彼らのいないことはすぐにわかる。

「あいつら、早坂部長の了承も得ないまま、勝手に値引きの約束をするかしら」

千絵が尋ねた。

「たぶんね。でないと今日中にメタノールの契約が調うって信じてるもの。冴木は自分に自信があるし、今、手柄を立てたくてしょうがないんだもの。何がなんでも阻止しなくちゃと頑張るはず。あとの早坂派の奴らだって同じよ。これで逆転されたら、今までのことは水の泡になるもの。私は値下げするほうに賭けるわ」

D運輸のことは、すべて瑞子の作り話だった。

最初からメタノールの契約など存在しないのだ。つまり、冴木に契約すると思い込ませて、早坂部長のいないところでガソリンの値引きを決めてしまうように仕向けたのだった。

普通なら、早坂部長にすぐに報告し、采配《さいはい》を仰ぐだろう。でも今はそれができない。だからといって、このままだとメタノールの契約は済み、ガソリンの供給は削減される。ひいては早坂部長の重役昇格の足を引っ張ることにもなる。

今まで、早坂部長はすべて三〇パーセントの値引きを提示して、メタノールの契約に待ったをかけてきた。D運輸にも同じことをしていいと、冴木が思うのは当然だ。

D運輸に的を絞ったのは、第一販売部にとって採算ギリギリの商売相手だからだ。ガソリンはいくつもの業者を出入りさせて、入札させるような形で価格を決める。企業間に競争させ、価格を抑え込もうとするわけだ。

第一販売部にとって、利益を期待するというより、大企業と取引するという名目が欲しいだけの相手だった。そういったことが、会社の信用につながるからだ。けれど、これ以上価格を抑えられたら、そのメリットと引き替えにしても、赤字は大きい。

瑞子はそれを調べ上げ、あえてD運輸の名を挙げたのだ。

もし、冴木が勝手に三〇パーセントの値引きを約束したら、もう商売としては成り立たなくなる。早坂部長がそれを知ったら、どんなに怒り狂うだろう。ましてや、メタノール導入の契約など最初からなかった、ということがわかったらどういうことになるか。

そのときの冴木の顔が見たかった。その顔が見たいがために、瑞子が立てた計画だった。

その日の夕方、冴木は満面に笑みを浮かべてオフィスに帰ってきた。

その表情から、D運輸の件は彼にとって上出来の運びとなった、という察しはついた。

瑞子は醒めた気持ちで、冴木を眺めていた。

明日になればすべてがわかる。

自分が何をしたのか。それが自分の足元をどんなに大きく掬《すく》うことになるか。

翌日。

昼過ぎに、冴木が電話を受け、バタバタと席を立っていった。顔がひどく強張っていた。

瑞子と千絵は目線を交わし、冴木の後を追った。彼が入ったのは会議室だった。

ふたりはドアの前に立った。

すぐに、早坂部長の怒鳴り声が聞こえてきた。

「いったいおまえたちは何を考えているんだ！」

「は？」

面食らった冴木の声。怒鳴られる理由がまったくわからないのだろう。当然だ。

「私に相談もなしにD運輸への販売価格を三〇パーセントも引き下げる話を持っていったそうだが、どういう了見だ。さっきあちらの資材部長から連絡が入ったぞ」

「それは先ほども言いましたように、冴木さんが」

男の声がした。

「冴木さんが、すぐにそうしないと大変なことになると」

「ええ、私です」

冴木は余裕のある声を出した。

「そのことについては、ゆっくりご説明しようと思ってた矢先です。実は、須崎部長が極秘のうちにD運輸とメタノールの契約を交わそうとしていたんです。それがひどく急な話でして、昨日のうちに手を打たないと、手遅れになってしまうところだったんです。お知らせしたかったんですが、部長にどうしても連絡が取れませんでした。しかし、決して無謀な契約ではありません。今まで早坂部長がやっておられたのと同じ、ガソリン価格を三〇パーセント値引きということで話を進めたらいいと、みなさんに進言しました」

「君は、そのメタノール契約の話はいったいどこから仕入れた」

「前と同じです、秘書をしている川原からです」

「D運輸の資材部長は、そんな契約は知らないと言ってる」

短い沈黙があった。それから、冴木は笑いを漏らした。

「そんなわけはありません、確かな情報です。あちらの資材部長はとぼけてるんです。交渉には、僕も行ったんですけど、水を向けても口を割ってくれないので大変でした。みなさんが迷ってらっしゃったので、面倒な説明をする前に、僕がストレートに数字を出したんです。そうしたら、あちらは喜んで申し出を受けてくれました」

「このバカが」

「え」

「そんな契約など最初からない」

「いや、そんなはずはありません。確かに」

「そんなはずも、こんなはずもない。私がちゃんと調べた。しかし、存在しない、どこにもないんだ、メタノール契約なんて」

冴木の言葉が途絶えた。

「まさか」

「なぜ、私の指示が待てなかったんだ」

「それは、急なことですぐに阻止しなければ先を越されると思い、それで今まで部長がやっておられたのと同じ価格の値引きを……もちろんご出張先に連絡を取ろうとしたのですが、どうしても取れなくて……尾形さんもお休みで、家に電話しても通じなくて、携帯も電源が入ってなくて、裕美子さんにも聞いたんですがわからないって言われて
……」

「私のせいだと言うんですか」

尾形がヒステリックに叫んだ。

「いえ、そんなつもりでは」

冴木の言葉が途切れ途切れに聞こえてくる。ようやく、からくりが少しずつわかり始めたのだろう。その契約が、瑞子が仕組んだ架空のものだということ。それに見事にはまってしまったということ。

「私も、部長の采配を仰いでから、と言ったんです。しかし、冴木さんがどうしてもと言うから」

「僕だって、怪しいなって思ったんですが」

「何言ってるんですか、みんな賛成してくれたじゃないですか。今さら、よくそんなことが」

どうやら内輪もめが始まっている。

「まったく、大変なことをしでかしてくれたよ。ありもしないメタノール契約に先走りして、よりによって、D運輸に値引きの約束をするとはな」

早坂部長が大きくため息をついた。

「あそこはな、今の価格でさえほとんど儲けゼロなんだ。三〇パーセントも引き下げたら赤字だよ、赤字。どうしてくれるんだ」

「そんな……」

冴木の声にはすっかり精彩がなくなっていた。

「私は今からD運輸に出向いて、昨日のおまえの約束をホゴにしてもらえるよう頭を下げてくる。あのタヌキ、そう簡単には聞き入れてくれんだろうが、せめて一〇パーセントでも五パーセントでも元に戻さなくてはな」

「じゃあ僕も一緒に……」

「おまえは来なくていい。いいか、もう何もするな。黙って引っ込んでろ」

「待ってください、部長。僕のロス行きは……」

情けない冴木の声。

「うるさい、今はそれどころじゃない」

そこまで聞いて、瑞子は千絵の制服の袖を引っ張った。

「行こう」

「はい」

ふたりは再び屋上に上がった。

相変わらずの寒さだが、風の冷たさがかえって心地よいくらいだった。

千絵は大きく背伸びをすると、爽快な声を上げた。

「ああ、さっぱりした。いい気味だ。冴木のあの情けない声聞いた？　おかしくって途中で吹き出しそうになっちゃった」

そして瑞子を振り向いた。

「何もかも川原さんの計画どおりですね」

「そうね」

瑞子は短く答えた。

「あら、嬉しくないみたい」

千絵が怪訝《けげん》な顔つきで近づいてきた。

「嬉しくないわけじゃないけど、なぜかしら、思ってたほどいい気分じゃないの」

「あいつに同情してるんですか？」

「そうじゃない。でも、何だか少し虚しい感じ」

「どうしてですか。あんなひどい目にあわされたんですよ、私たち」

「なんだけどね」

千絵が抗議するように言った。

「言わせてもらいますけど、自分を責めたりすることはないと思います。あいつにはこれくらいの荒療治が必要だったんです。でないと、世の中甘く見て、ますますイヤな男になってゆくだけです。女なんかひょいひょい騙《だま》して、人を利用することなんか平気っていう。その軌道修正してあげたんだって思えば、むしろ、私たちはいいことをしたと言えるんじゃないですか」

千絵の言うとおりだ。今になって罪悪感を持つくらいなら、最初からこんな計画など立てなければよかったのだ。報復するにも、それなりの勇気がいるということかもしれない。行為に対してではなく、心の問題として。

「吉沢さん、結構、大人なのね」

千絵がフェンスに寄りかかり、顔だけこちらに向けた。

「少しは見直してくれました？　私だって、結婚とおしゃれと芸能人にしか興味がない馬鹿ってわけじゃないんです」

「私、言ったかな、そんなこと」

「言いました」

「忘れたわ」

「それはないでしょ」

千絵が声を上げて笑った。

「私、正直言って、川原さんのこと全然好きじゃありませんでした。川原さんを見てると、素直じゃないっていうか、屈折してるっていうか、独身で年を取った女ってこんな面倒な生きものになるのかって、うんざりしてたんです。だから自分とは関係ない人種だって思ってました。もっとハッキリ言うと、そんなふうにだけはなりたくないって思ってて切り捨ててました……ごめんなさい、言い過ぎですか？」

「いいのよ、続けて」

「でも、今度のことで、私もちょっとはわかったような気がするんです」

「何がわかったの？」

「人を判断する時、年齢なんてものの順位は、すごく低いところにあるって」

千絵はちょっと照れ臭そうに笑った。

瑞子はフェンスに腕をのせ、身体を預けた。

「さっき吉沢さんが言ったこと、当たってる。確かに私はとても面倒な女になってたもの。他人に対してだけじゃなく、自分に対してね。鎧《よろい》で自分を固めることばっかり考えてたの。関係ないって切り捨てていたのは、私のほうよ。若い子たちを、軽蔑したり侮《あなど》ったりすることで自分を安心させていたの。あなたが大嫌いだった。目障りでしょうがなかった」

千絵がまっすぐに瑞子を見つめている。

「でも、私も今度のことで、自分という人間を少しは知ったわ。吉沢さんのこと、吉沢さんだけじゃなく、年下の若い女の子たちと、もう少しナチュラルに付き合っていけそうな気がする」

「私も、同じ気持ちです」

「もしかしたら、今はそう思っても、またお互いにコノヤローなんて思うことがたくさん出てくるかもしれないけど。ううん、たぶんそう。でも、それでもいいのよね。完全にわかり合うなんて無理。必要なのは、わかり合いたいって、その気持ちだもの。それさえあればきっとうまくやれる」

「はい」

千絵と瑞子の目が合った。

冬の雲が影を地上に落としながら流れてゆく。それはビルの屋上に立つふたりを、ゆっくり横切っていった。


それからしばらくして、冴木のデスクは空席になった。

急な転勤と言われていたが、どこに配属されたのかは誰も知らなかった。たぶん、もう本社に帰ってくることはないだろう。

冴木が、早坂部長の腹心だったことは、すでに会社中に知れ渡っていた。そのことが、重役選にどう響くか、瑞子にはわからない。

オフィスにはまた平穏な毎日が戻ってきた。

瑞子は今日も伝票をまとめ、パソコンに向かい、会議の資料をまとめている。

ガラス窓を叩く透明な風には、これからが本番の冬の厳しさが含まれている。

けれど瑞子の気持ちの中には、わずかながら春の気配が訪れていた。

9　ふたつのエピローグ

千絵は花束を抱え、劇場へと向かっていた。

バッグの中には、司から手渡されたチケットが入っている。

くしゃくしゃになったそのチケットは、ずっと捨てようと思いながら、結局、あれから壁にピンで留められていた。

こうしてノコノコ出掛けてきた自分に、千絵は軽い失望と羞恥《しゅうち》を感じていた。

計算して、司から冴木に乗り換えたのだ。そしてはっきり別れる決心をしたはずだ。

そんな自分が今さら司の前に顔を出すのは、とても厚かましいように思えた。

冴木に遊ばれたからといって、また元に戻ろうなんて調子がよすぎるんじゃない？

聞いたら誰もがそう言うだろう。

誰よりも千絵自身がそう思っている。

いや、元に戻ろうなんて考えているんじゃない。ただ、司の姿が見たかっただけ。そして愚かな自分を笑って、もう過去となった恋の余韻に少し浸るだけ。

たとえそれが見え透いた言い訳だとしても、今は来るための理由が欲しかった。

客の入りは想像していたよりずっとよかった。

前から五番目、中央の席。

千絵は、司の一挙一動を見逃すことのないよう、瞬《まばた》きさえも惜しんで舞台を見つめ続けた。

ストーリーを追うのではなく、ただ司だけを追っていた。

好きだった司の汗、仕草、顔、そして声。

けれどもそれはもう自分のものじゃない。

なくしたものは、どうしていつも人一倍の輝きを放っているのだろう。

幕が下りると、人波に紛れて千絵は出入り口に向かった。

受付にメッセージのない花束を預けて、長居はせず、すぐ外に出た。

下手に留まったら、司が楽屋から出てくるのを待ってしまいそうな気がした。

そこまで見苦しいことはしたくなかった。

虚脱したような心と身体を持て余しながら、千絵は駅へと歩いていた。

終わりは簡単にやってくる。けれど、終わらせるという自らの意志が必要な結末は、思い出というたくさんの荷物を抱えているだけに、思いどおりにはいかない。

だから、重い足を引きずりながら、少しずつ荷物を道端に捨てて、いつか元の身軽な自分になるまで、転ばないよう、躓《つまず》かないよう、慎重に……

そのとき、不意に、肩に手を置かれた。

その手の重みに、千絵は息を呑んだ。

「黙って帰ることはないだろ」

振り向くのが怖かった。嬉しい目をしてしまう自分を司に見られたくなかった。それがせめてもの、千絵の自尊心だった。

千絵は前を向いたまま言った。

「今までとは違うもの」

「ひとりで来たのか？」

「そうよ」

「彼氏はどうした」

正直に答えたら、未練につながるだろうか。千絵の中に細かい波のような葛藤が湧いた。

けれど千絵の迷いの時間が、司に意味を伝えていた。

「よかったら明日も来いよ。チケット、受付に出しておくから」

「………」

「あさっても来いよ。その次も……あ、三日で終わりか」

千絵は背筋を伸ばし、ようやく司と向き合った。

「来ない」

「どうして」

「来る理由がないもの」

「理由なんかいらないだろ」

「見に来て、そして、どうなるの？」

「別にどうもなりはしない、今までどおりさ」

「今までって、どの今まで」

「そうだな、ロールキャベツを作ってくれた、あの今まで」

千絵はため息をついた。

「そして同じことを繰り返すの？　不満を抱きながら電話を待つっていう」

「いいじゃないか。そしたらまた、千絵は他に男を探せばいい」

「信じられない、わかってるの、自分の言ってること」

「わかってるさ。千絵は俺みたいな男とこんな状態を続けて、年を取ってしまうことが不安なんだろう。手遅れになって、人生を失敗したくないんだろう」

「ええ、そうよ、その通り」

「でも、頭で考えるのはもう少し先にしないか」

「………………」

「勝手な言い方かもしれないけど、約束とか計画とか、そんなアテにならないもののために〝今〟という時間を犠牲にするなんてもったいないじゃないか」

千絵は黙って聞いていた。

司の言い分をすべて受け入れられるわけではなかった。たとえ言葉で納得したとしても、すぐにまた、結婚や安定というものに手を伸ばしたくなる自分を知っていた。けれど、目の前に立つ、約束も計画もないこのひとりの男が、やはり愛しいのだった。それはまぎれもない千絵の心だった。

千絵はまっすぐに司を見た。

「司、私、この間一万円もするシワ取りクリームを買った。化粧品屋で、年を取ったときに違いがわかるって言われたの。でも、クリームを塗ってしまえば塗らないで年を取ったときのことはわからない。でも、もし塗らなかったら、シワができてて塗らなかったことを後悔するかもしれない。でも、もしかしたら塗らなくても、シワなんかちっともなくて、塗らなくてよかったと思うかもしれない」

司は千絵の言っている意味がよく理解できなかったらしく、困惑したように眉を寄せた。

「結局、どっちがよかったかなんてことはわからないんだよね、塗っても塗らなくても」

司はしばらくの間考え込んだ。そして言った。

「つまり、明日、来るってことだね」

千絵の口元から笑みがこぼれた。

「そうみたい」

「じゃあ、俺は戻るよ。今からミーティングなんだ」

「わかった」

走りだす司の背を、千絵はしばらくの間見送った。

年を取ったときのシワのために高価なクリームを買うより、今はやはり、唇を彩る赤い口紅が欲しかった。どちらに価値があるか、そんなことを考えるのは、シワができていつか赤い口紅が似合わなくなったときでいい。

千絵は雑踏が続く駅への道のりをゆっくりと歩き始めた。

気がつくと、雪が舞い下りていた。

千絵は足を止めて空を見上げた。

初雪だった。

それは千絵の肩にうっすらと降り積もる。

指先で払おうとして、その手を止めた。

そして再び歩き始めた。


瑞子は何度も退職願いを書き直していた。

ずっと考えていた。責任も感じていた。

冴木にファイルを覗かれてしまったのは明らかに瑞子のせいだ。そのために、進めていた契約がフイになってしまった。

それに、冴木に報復するためとはいえ、D運輸のガソリン価格を引き下げることになってしまった。それは結局、会社の不利益につながる行為だ。

もっと早く、須崎部長に何もかも報告しなければならなかった。そうできなかったのは、やはり瑞子の臆病さからだ。

けれど、いずれは知れることだ。いいや、須崎部長のことだ、もう見抜いていることだろう。

責任を取る、という言い方が大げさ過ぎるなら、自信をなくしたと言っていい。

もう、会社にはいられない。いる資格もない。

だからといって、今の仕事を辞めた後、何をすればいいのだろう。

その不安が、瑞子に何度も字を書き損ねさせていた。

七枚目の用紙を無駄にしたとき、チャイムが鳴った。

訪ねてきたのは史郎だった。

「悪いね、電話もなしに」

「気にしないで。どうぞ」

瑞子は史郎をリビングに招き入れた。テーブルに退職願いの紙が散乱していて、慌てでまとめて下に押し込んだ。

「やっぱり辞めるつもりなんだね」

史郎が沈んだ口調で言った。

「そんなことだろうと思ってた」

「当然だもの」

瑞子は顔をそむけた。

「その前に、これを一度検討してみてくれないか」

史郎が胸のポケットから茶封筒を差し出した。

「なに？」

「いいから、開いて」

封筒の中には自動車教習所の資料と、総務部長の名刺が入っていた。

「何なの、これ」

「仕事で知り合ったんだけど、メタノールのことを話したら、とても興味を持ってくれてね。条件さえ整えば、教習に使ってる今のガソリン車をメタノール車に替えてもいいと言ってくれたんだ。どうだろう、少し、相手側に話しに行ってみないか」

瑞子は史郎を凝視した。

「この教習所はチェーン展開しているから、好評なら他にも広がる可能性は大いにあると思う。それに卒業してゆく生徒たちも、メタノールに抵抗がなくなって、自分たちが車を買うときにもメタノール車を考えるだろう。将来性にもつながると思うんだ」

「…………」

「早坂部長も、あれだけ大っぴらに配下を潜り込ませたことがバレたんだから、さすがにもう汚い手で邪魔をすることはできないだろう」

瑞子は怪訝《けげん》な気持ちで顔を上げた。

「どうして？」

「え？」

「どうしてそこまで私にしてくれるの？」

「瑞子には、いろいろ借りがあるからね」

「借りなんてない」

「たくさんあるさ」

「だって、私、ちっとも優しくなかった」

「………」

「あなたのこと、好きじゃなかったのよ」

「わかってる」

「あなたが仕事と家庭にくたびれてて、サエない男だったから付き合ったの。あなたを心の中でバカにしてた。そうすることで、十年前、私に背を向けたあなたを見返してやろうと思ったの」

「言いたくないことまで言わなくていいよ、みんなわかってるから」

「わかっているのに、なぜ？」

「君が僕のことをどう思おうと、僕は君に救われた」

「………」

「本当にうんざりしてたよ。仕事はハードだし、家は遠くて通勤に二時間だ。ローンはあと二十五年ある。昼飯時はどこもいっぱいで、オフィスは禁煙だ。若い奴らとは馴染めず、上司に歯向かうほどの気力もない。小遣いは月三万がせいぜいで、コーヒー一杯ももったいないと思ってしまう。上司の妹と結婚したばかりに、出世の遅れている僕に、妻は愚痴と不満でいっぱいだ。でも僕はその妻とふたりの娘を養ってゆかなければならない」

「……やめて」

「瑞子と会ってるのが、僕にとって唯一の現実逃避の場だった。酒でも、ゴルフでも、蒸発でもなく」

瑞子は唇を嚙んだ。

何も感じていないと思っていた。状況を甘受することが、今の史郎の生き方そのものなのだと。

何を見ていたのだろう、史郎のいったい何を。あんなに抱き合っていながら。

「これ、返すよ」

史郎はテーブルの上にキーを置いた。

「帰れなくなる前に、電車に乗らなきゃね。本当の電車は次が来るけど、現実はそう悠長に待ってくれない」

瑞子はテーブルの上のキーを見つめた。

役目を終えたそれは瞬く間に錆《さ》びついてしまったように見えた。

「いろいろありがとう」

「私」

瑞子はテーブルの端を握り締めた。

「うん」

「私……あの時の自分が大嫌いだった。あなたを好きだった十年前の自分よ。子供で世間知らずで、男を見る目なんかまるでなくて。でも、そうじゃなかった。今の私のほうがよっぽど見る目がないんだわ。せっかくあなたと会えたのに、どうしてあの時ほどあなたとちゃんと向き合わなかったんだろう」

「嬉しいね、泣かせるセリフだ」

そして、史郎は立ち上がった。

引き止めたい衝動にかられ、そんな自分を戒めた。

大人の恋にルールがあることぐらいは知っていた。

「瑞子、君はもう、自分がイイ女かどうかなんてことを、人の判断に任せてはいけないよ。すべての答えは自分の中にあるんだ。年を取ることに狼狽《うろた》えたり、恐れたりする必要なんて全然ないんだ」

「ありがとう」

「じゃあ」

史郎が口元に笑みを浮かべた。

ドアから肩が消え、腕が消え、背中が消えた。

遠ざかってゆく史郎の足音に耳をすましながら、ドアに額を押し当てて、瑞子はしばらくの間、静かに泣いた。
それからリビングに戻り、史郎から渡された資料を読み始めた。
窓の外には雪がちらつき始めている。
東京に降る今年初めての雪だった。
ネオンが薄くけぶっている。
雪が降っていることに瑞子は少しも気づかず、読み続けた。

解説

藤田香織

「……ヤだなぁ、コレ！」

一九九二年の秋、本書の親本となる単行本を書店で見かけた際、私はついうっかりそう呟《つぶや》いてしまいました。

単行本は『フィフティ・フィフティ　彼女の嫌いな彼女』（光文社）というタイトルで、「彼女の嫌いな彼女」はあくまでも副題だったのですが、その八文字の日本語に、どうにもひき寄せられてしまったのです。

唯川恵さんの作品には『ゆうべ、もう恋なんかしないと誓った』（あぁ、あるあるそんな夜も！）、『永遠の途中』（わかるなぁこの感じ）、『100万回の言い訳』（まさに自分の人生そのもの！）、『ベター・ハーフ』（「結婚」ってホント「ベスト・パートナー」ってわけにはいかないよねぇ）など、思わず手を伸ばしたくなる名タイトルが沢山ありますが、最初に「タイトル買い」した、いえ、させられてしまったのが本書でした。『彼女の嫌いな彼女』。

あれから十五年以上経った今、改めて見直してもやはり凄《すさ》まじい引力を感じます。このタイトルに心を動かされることなく見過ごせる女性は、もう悟りの境地に達した聖人か、あるいは女子社会からの脱出に成功したごく僅《わず》かな人しかいないのではないかと思うほど。

無視できない。目を逸《そ》らせない。「彼女の嫌いな彼女」ってどんな人？　気になる。知りたい。覗《のぞ》き見たい。

そんな衝動にかられてしまったのは、認めたくないけれど「私」の中に、「嫌いな彼女」の存在があったからに他なりません。

もっと正直に告白すると、最初に本書を手にしたとき、私は同じ職場の同僚に年中イライラしていました。アカラサマな「今日はデートです」って格好で仕事に来るな！　叱《しか》られたからってデスクで泣くな！　飲み会の翌日に突然休むな！　出社した途端、三十分もトイレで化粧って何なの？　なんでいつも語尾が伸びるの？　私用電話はもっとコソコソやってよ！　もう「彼女」の一挙手一投足全てが気に障って仕方がなかった。存在自体がストレスで、そんなことにストレスを感じる自分の心の狭さがまたストレスになるという悪循環。今思うと「そんなことで」と我ながら苦笑してしまうのですが、当時の自分にとっては深刻な悩みでした。

このモヤモヤとした、けれど無視することのできないマイナス感情は、恐らく会社勤めをしたことのある女性の多くが経験していると思われます。会社は友達を作りに行ってるわけじゃない。仕事に私的感情を持ち込むべきじゃない。仲良しサークルじゃあるまいし、気の合わない人がいるのは当たり前。それぐらい重々判っている。でも、だけど——というあの気持ち。

しかもその悪循環は、仕事を辞めれば解放されるとは言い切れないのがまた厄介で。結婚すれば夫の親族に、引っ越しをすればご近所に、子どもが生まれればママ友に、習い事をすればその教室に、どこにだって「彼女」は潜んでいるのです。

年齢と経験を重ねれば、他人を嫌うことに割《さ》かれるエネルギーの損失に気付いて、見ないふりも出来るようになるし、深く関わらずに付き合う術《すべ》も身につくけれど、それでも何かの拍子に閉じ込めていた感情の蓋《ふた》がパカッと開いてしまうこともある。

そしてもっと怖いのは、長い人生の中では、何かをきっかけに自分自身が誰かの「嫌いな彼女」になっていた、と、気付かされる瞬間もある、という事実です。

私がかつて『彼女の嫌いな彼女』という本書のタイトルに、どうしようもなく惹《ひ》きつけられながらも、つい「ヤだなぁ」と呟いてしまったのは、その気配を察していたから。唯川さんの描く物語が、誰もが納得できるような「女の敵そのものの女」をやりこめるような小説で終わるはずはなく、どこかで自分を重ね、痛痒《いたがゆ》い気持ちになるに違いないと予感していたからだったのです。

「解説先読み派」の方のために、ここで少しだけ本書の内容に触れましょう。

主人公は新宿西口の高層ビルにある物産会社に勤務する二十三歳の吉沢千絵と三十五歳の川原瑞子《みずこ》。物語はこのふたりのヒロインの視点から交互に描かれてゆきます。短大卒の事務職入社三年目の千絵と、女子大卒の総合職入社十三年目の瑞子。年齢差十二歳。立場も経験も異なるふたりは、反目しあい、互いに相手を疎ましく感じています。千絵は瑞子に対して〈年をくったOL〉で〈根性がひねくれている〉〈煩《わずら》わしい先輩〉だと思っているし、瑞子は千絵やその後輩を〈要領がよく〉て〈仕事と真剣に取り組む気がなく〉〈頭の中にあるのは、ファッションと芸能人と恋愛のことだけ〉だと見下している。千絵は小劇団に所属する役者の司《つかさ》と交際中で、瑞子は十年前に一度別れた同じ会社の史郎と不倫中ではあるけれど、どちらもその関係に不満や惰性を感じています。

仕事も恋も、いまひとつパッとしない毎日。そんな彼女たちの元に、時期外れの中途入社で、外見も経歴も申し分のない二十七歳の冴木が現れることから物語は動きだし、やがて千絵と瑞子は恋のライバルとしても、互いを意識することに――。

凄《すご》いな、と思うのは、初読のときもさることながら、十五年経った今読み返しても、つい「わかるわかる！」と頷《うなず》いてしまうエピソードが数え切れないこと。時代性を感じさせる描写も少なくはないのですが、千絵や瑞子の抱えている根本的な苦悩は、今も働く女子の心の中に巣食っているはず。

本書について、脚本家の井上由美子さんが『あなたが欲しい』(新潮文庫)の解説でとても印象的なことを書かれてるので、少し長くなりますが要約しつつ引用させて頂きましょう。

本書のドラマ化が決定した際、若き日の井上さんは体調を崩したベテランのピンチヒッターとして脚本を任されたものの、何度書き直してもディレクターのOKが出ず、結局、〈「君のセリフはトレンディドラマのセリフじゃないんだよね」〉と仕事を降ろされてしまった。けれど、井上さんはその言葉に〈ああ、トレンディドラマか〉と、妙に納得されたと言うのです。〈確かに、二人のOLが恋に仕事にバトルを繰り返すという物語は、トレンディドラマの原作にぴったりの設定だが、主人公の内にひそむ嫉妬《しっと》心《しん》、意地悪、それゆえの可愛《かわい》さは、トレンディの枠からはみ出る深さをもっていた。そして、私がおもしろいと感じたのは、まさにそこだったのである。トレンディドラマをつくろうと考えていたディレクター氏のオーケーが出ない筈《はず》だ〉と。

そうなのです。本書の、そして唯川さんの作品の面白さは流行の先端＝トレンディとは異なる、もっと普遍的な流されない部分にこそ、ある。先に「私が嫌いだった彼女」のことを、今となっては「そんなことで」と書きましたが、唯川さんの小説は「そんなこと」を決してなおざりにしません。ごく普通の、言い換えれば平凡な毎日を生きる私たちの心に沿うように、丁寧に丁寧に「そんなこと」を積み上げてゆくのです。

小説を読む楽しみは実に多種多彩で、ミステリーにも、ファンタジーにも、時代小説にもそれぞれに違った醍醐味《だいごみ》があるのは周知の事実。自分の日常とは違う世界の物語は、その距離感があるからこそ、これはフィクションなのだと安心出来る部分もあります。

けれど唯川さんの作品は、読者との距離が非常に近い。『めまい』（集英社文庫）や、『刹那《せつな》に似てせつなく』（光文社文庫）など、ジャンル分けするとホラーやサスペンスに分類されるものもあるけれど、そうした作品でさえ「日常」から切り離されてはいません。登場人物の姿に、いつも身近な実在する人々や、自分自身を重ねずにはいられなくなる。その上で、渦中にある当事者では気付き難い視点をそっと交え、背中を押してくれるのです。

一九八四年にコバルト・ノベル大賞を受賞しデビューしてからもうすぐ二十五年。本書は少女小説から一般文芸に移ってまだ間もない頃に書かれた、今では「初期」と分類される作品です。ここから唯川さんがどのようにジャンルを広げ、時には劇的な変貌を見せ、作家としての深味と凄味を増してきたのかは、もう改めて語ることもないでしょう。個人的にはその「変化」が、直木賞受賞後にも見られることに感服せずにはいられません。

初めて読んだ高校生のころから、これまで唯川さんの作品は途絶えることなく、手を伸ばせばいつもそこにありました。そしてきっと、五年後も十年後も、私は唯川さんの小説を読んで、驚いたり、ため息を吐いたり、痛痒い気持ちになったり、少し元気を取り戻したりしながら「普通」の毎日を生きてゆく。

そう信じられる、信じさせてくれるこの心強さに、ひとりでも多くの女性が気付いてくれることを、今も、これからも、ずっと祈っています。

この作品は二〇〇〇年四月、幻冬舎文庫として刊行されたものを
加筆・訂正いたしました。

唯川恵の本

集英社文庫

愛しても届かない

好きになった彼には、彼女がいた。あきらめきれない七々子のとった行動は、彼の恋人・美咲に近づき、友達になることだった。嘘を重ね、友達を騙して、手に入れた恋の行方は…!?

イブの憂鬱

恋も仕事も中途半端、こんなはずではなかったのに…気がつけば30の大台目前。ブルーな日々に悩み揺れながら、自分の足で一歩を踏み出そうとする真緒の一年。

めまい

はじまりは一途に思う心、恋だったはず。その恋が女の心を追い詰めてゆく。嫉妬、憎悪、そして…。恋心の果てにあるものは? 狂気と恐怖のはざまにおちた10人の女たちの物語。

病む月

見栄っ張りで嫉妬深くて意地悪だけど、その本質は無邪気なまでに自己中心的な甘ったれ。それが女というもの。金沢を舞台に、10人の女たちそれぞれの心の深淵を描く短編集。

明日はじめる恋のために

恋愛小説の名手が、『ロミオとジュリエット』等、映画に描かれた男と女の出会いや関係を語り、さまざまな愛のかたちを浮かびあがらせる。恋のヒントがいっぱいのシネマエッセイ。

海色の午後

海の見える部屋で一人暮らしをする遙子。仕事、恋、結婚にまどう日々。自分らしく生きるために、遙子のした決断とは。唯川恵、幻のデビュー作。書き下ろしエッセイ収録。

肩ごしの恋人

女であることを最大の武器に生きる「るり子」と、恋にのめりこむことが怖い「萌」。対照的なふたりの生き方を通して模索する女の幸せとは…。第126回直木賞受賞作。

ベター・ハーフ

バブルの頃に結婚した永遠子と文彦。派手な結婚式をあげたけれど、結婚生活は甘くはなかった。不倫、リストラ、親の介護、お受験…それでも別れないのはなぜ？　結婚の実相を描く長編。

今夜 誰のとなりで眠る

奔放な生き方で多くの女性に愛され、突然亡くなった秋生。彼とかかわった5人の女に、彼が残したものとは…。それぞれの愛の姿を通して、自らの道を歩み始める女たちを描く長編。

愛には少し足りない

結婚を控え幸せいっぱいの早映は、婚約者の叔母の結婚式で、奔放な麻紗子に会う。反発しながらも、別の自分を引き出されていく早映。一方、婚約者にも秘密が…。長編恋愛小説。

集英社文庫　目録（日本文学）

三田誠広　いちご同盟
三田誠広　春のソナタ
三田誠広　父親学入門
三田誠広　ワセダ大学小説教室 天気の好い日は小説を書こう
三田誠広　ワセダ大学小説教室 深くておいしい小説の書き方
三田誠広　ワセダ大学小説教室 書く前に読もう超明解文学史
三田誠広　星の王子さまの恋愛論
三田誠広　永遠の放課後
光野桃　ソウルコレクション
皆川博子　薔薇忌
皆川博子　骨笛
皆川博子　ゆめこ縮緬
皆川博子　花闇
皆川博子　総統の子ら(上)(中)(下)
南川泰三　浪速の女ハスラー 玉撞き屋の千代さん
宮内勝典　ぼくは始祖鳥になりたい

宮尾登美子　岩伍覚え書
宮尾登美子　影絵
宮尾登美子　朱夏(上)(下)
宮尾登美子　天涯の花
宮城谷昌光　青雲はるかに(上)(下)
宮子あずさ　看護婦だからできること
宮子あずさ　看護婦だからできることII
宮子あずさ　老親《ろうしん》の看《み》かた、私の老い方
宮子あずさ　ナースな言葉 こっそり教える看護の極意
宮子あずさ　ナース主義！
宮子あずさ　卵の腕まくり 看護婦だからできることIII
宮里洸　人斬り弥介秘録 幽鬼
宮里洸　人斬り弥介秘録 鬼神
宮里洸　人斬り弥介秘録 沈む町
宮里洸　人斬り弥介秘録 あかねゆき 茜雪
宮里洸　決定版・真田十勇士 霧隠才蔵

宮沢賢治　銀河鉄道の夜
宮沢賢治　注文の多い料理店
宮嶋康彦　さくら路《みち》
宮部みゆき　地下街の雨
宮部みゆき　R.P.G.
宮本輝　焚火の終わり(上)(下)
宮本昌孝　藩校早春賦
宮本昌孝　夏雲あがれ(上)(下)
宮脇俊三　鉄道旅行のたのしみ
三好徹　貴族の娘
三好徹　興亡三国志(全5巻)
三好徹　妖婦の伝説
武者小路実篤　友情・初恋
村上龍　だいじょうぶマイ・フレンド
村上龍　テニスボーイの憂鬱(上)(下)
村上龍　ニューヨーク・シティ・マラソン

集英社文庫　目録（日本文学）

村上龍　69 sixty nine
村上龍　村上龍料理小説集
村上龍　ラッフルズホテル
村上龍　すべての男は消耗品である
村上龍　コックサッカーブルース
村上龍　龍言飛語
村上龍　エクスタシー
村上龍　昭和歌謡大全集
村上龍　KYOKO
村上龍　はじめての夜 二度目の夜 最後の夜
村上龍　メランコリア
村上龍・中田英寿　文体とパスの精度
村上龍　タナトス
村上龍　2days 4girls
村松友視　雷蔵好み
村山由佳　天使の卵 エンジェルス・エッグ
村山由佳　BAD KIDS
村山由佳　もう一度デジャ・ヴ
村山由佳　野生の風
村山由佳　きみのためにできること
村山由佳　キスまでの距離 おいしいコーヒーのいれ方Ⅰ
村山由佳　青のフェルマータ
村山由佳　僕らの夏 おいしいコーヒーのいれ方Ⅱ
村山由佳　彼女の朝 おいしいコーヒーのいれ方Ⅲ
村山由佳　翼 cry for the moon
村山由佳　雪の降る音 おいしいコーヒーのいれ方Ⅳ
村山由佳　緑の午後 おいしいコーヒーのいれ方Ⅴ
村山由佳　海を抱く BAD KIDS
村山由佳　遠い背中 おいしいコーヒーのいれ方Ⅵ
村山由佳　夜明けまで1《ワン》マイル somebody loves you
村山由佳　坂の途中 おいしいコーヒーのいれ方Ⅶ
村山由佳　優しい秘密 おいしいコーヒーのいれ方Ⅷ
村山由佳　聞きたい言葉 おいしいコーヒーのいれ方Ⅸ
村山由佳　天使の梯子
村山由佳　夢のあとさき おいしいコーヒーのいれ方Ⅹ
群ようこ　トラちゃん
群ようこ　姉の結婚
群ようこ　でも女
群ようこ　トラブルクッキング
群ようこ　働く女
群ようこ　きもの365日
群ようこ　小美代姐《こみよねえ》さん花乱万丈《からんばんじょう》
群ようこ　ひとりの女
室井佑月　血《あか》い花《はな》
室井佑月　作家の花道
室井佑月　ああ〜ん、あんあん
室井佑月　ドラゴンフライ
室井佑月　ラブゴーゴー

集英社文庫 目録（日本文学）

室井佑月 ラブ ファイアー
タカコ・H・メロジー やっぱりイタリア
タカコ・H・メロジー イタリア 幸福の食卓12か月
タカコ・H・メロジー マンマとパパとバンビーノ イタリア式 愛の子育て
望月諒子 神の手
望月諒子 殺人者
望月諒子 呪い人形
本岡類 住宅展示場の魔女
本宮ひろ志 天然まんが家
森詠 オサムの朝《あした》
森詠 那《な》珂《か》川《がわ》青春記
森詠 日に新たなり 続・那珂川青春記
森詠 少年記 オサム14歳
森絵都 永遠の出口
森絵都 ショート・トリップ
森鷗外 舞姫

森鷗外 高瀬舟
森博嗣 墜ちていく僕たち
森博嗣 工作少年の日々
森まゆみ とびはねて町を行く 「谷根千」10人の子育て
森まゆみ 寺暮らし
森まゆみ その日暮らし
森瑤子 情事
森瑤子 嫉妬
森瑤子 傷
森瑤子 カナの結婚
森瑤子 男三昧女三昧
森瑤子 人生の贈り物
森瑤子 森瑤子が遺した 愛の美学
森巣博 無境界の人
森巣博 無境界家族《ファミリー》
森巣博 越境者たち(上)(下)

森巣博 セクスペリエンス
森村誠一 死刑台の舞踏
森村誠一 灯《ともしび》
森村誠一 螺《ら》旋《せん》状《じょう》の垂《すい》訓《くん》
森村誠一 路《みち》
森村誠一 壁の目 新・文学賞殺人事件
森村誠一 黒い墜落機《ファントム》
森村誠一 死海の伏流
森村誠一 終着駅
森村誠一 腐蝕花壇
諸田玲子 月を吐く
諸田玲子 髭麻呂 王朝捕物控え
諸田玲子 恋縫
諸田玲子 おんな泉岳寺
柳広司 贋作『坊っちゃん』殺人事件
柳澤桂子 愛をこめ いのち見つめて

集英社文庫　目録（日本文学）

柳澤桂子　意識の進化とDNA
柳澤桂子　生命《いのち》の不思議
柳澤桂子　ヒトゲノムとあなた
柳澤桂子　すべてのいのちが愛《いと》おしい　生命科学者から孫へのメッセージ
柳田国男　遠野物語
柳瀬義男　ヘボ医のつぶやき
山川方夫　夏の葬列
山川方夫　安南の王子
山口百恵　蒼い時
山口洋子　この人と暮らせたら
山口洋子　なぜその人を好きになるか
山口洋子　愛をめぐる冒険
山崎洋子　横浜幻燈館　俥屋おりん事件帳
山崎洋子　柘《ざく》榴《ろ》館《やかた》
山崎洋子　ヨコハマB級ラビリンス
山田詠美　熱帯安楽椅子

山田詠美　メイク・ミー・シック
山田かまち　17歳のポケット
山田正紀　少女と武者人形
山田正紀　超・博物誌
山田正紀　渋谷一夜物語《シブヤンナイト》
山前譲・編　文豪の探偵小説
山前譲・編　文豪のミステリー小説
山村美紗　京都紅葉寺殺人事件
山本文緒　あなたには帰る家がある
山本文緒　きらきら星をあげよう
山本文緒　ぼくのパジャマでおやすみ
山本文緒　おひさまのブランケット
山本文緒　シュガーレス・ラヴ
山本文緒　野菜スープに愛をこめて
山本文緒　まぶしくて見えない
山本文緒　落花流水

山本幸久　笑う招き猫
山本幸久　はなうた日和
山本一力　銭売り賽《さい》蔵《ぞう》
唯川恵　さよならをするために
唯川恵　彼女は恋を我慢できない
唯川恵　OL10年やりました
唯川恵　シフォンの風
唯川恵　キスよりもせつなく
唯川恵　ロンリー・コンプレックス
唯川恵　彼の隣りの席
唯川恵　ただそれだけの片想い
唯川恵　孤独で優しい夜
唯川恵　恋人はいつも不在
唯川恵　あなたへの日々
唯川恵　シングル・ブルー
唯川恵　愛しても届かない

集英社文庫　目録（日本文学）

唯川恵　イブの憂鬱
唯川恵　めまい
唯川恵　病む月
唯川恵　明日はじめる恋のために
唯川恵　海色の午後
唯川恵　肩ごしの恋人
唯川恵　ベター・ハーフ
唯川恵　今夜 誰のとなりで眠る
唯川恵　愛には少し足りない
唯川恵　彼女の嫌いな彼女
夢枕獏　神々の山嶺《いただき》(上)(下)
夢枕獏　慶応四年のハラキリ
夢枕獏　空気枕ぶく先生太平記
夢枕獏　仰天・文壇和歌集
夢枕獏　黒塚 KUROZUKA
夢枕獏　ものいふ髑髏《どくろ》
横森理香　恋愛は少女マンガで教わった
横森理香 漫画・しりあがり寿　横森理香の恋愛指南
横森理香　凍った蜜の月
横森理香　ほぎちん バブル純愛物語
横森理香　愛の天使アンジー
横山秀夫　第三の時効
吉沢久子　老いをたのしんで生きる方法
吉沢久子　素敵な老いじたく
吉沢久子　老いのさわやかひとり暮らし
吉沢久子　花の家事ごよみ 四季を楽しむ暮らし方
吉武輝子　老いては人生桜色
吉武輝子　夫と妻の定年人生学
吉永みち子　女《おんな》偏《へん》地《じ》獄《ごく》
吉村達也　やさしく殺して
吉村達也　別れてください
吉村達也　夫の妹
吉村達也　しあわせな結婚
吉村達也　年下の男
吉村達也　京都天使突抜通の恋
吉村達也　セカンド・ワイフ
吉村達也　禁じられた遊び
吉村達也　私の遠藤くん
吉村達也　家族会議
吉村達也　可愛いベイビー
吉村達也　危険なふたり
吉村達也　ディープ・ブルー
吉村達也　生きてるうちに、さよならを
吉村達也　鬼の棲む家
吉村達也　怪物が覗く窓
吉村英夫　完全版「男はつらいよ」の世界
吉行淳之介　子供の領分
米原万里　オリガ・モリソヴナの反語法

集英社文庫　目録（日本文学）

米山公啓　医者の上にも3年
米山公啓　医者の出張猶予14ヶ月
米山公啓　週刊医者自身
米山公啓　医者の健診初体験
米山公啓　使命を忘れた医者たち
米山公啓　医者がぼけた母親を介護する時
米山公啓　もの忘れを防ぐ28の方法
米山公啓　命の値段が決まる時
米山公啓　元気でぼけない脳への57のルール
隆慶一郎　一夢庵風流記
連城三紀彦　美女
わかぎゑふ　OL放浪記
わかぎゑふ　ばかのたば
わかぎゑふ　それは言わない約束でしょ？
わかぎゑふ　秘密の花園
わかぎゑふ　ばかちらし

わかぎゑふ　大阪の神々
わかぎゑふ　花咲くばか娘
わかぎゑふ　大阪弁の秘密
わかぎゑふ　大阪人の掟
わかぎゑふ　大阪人、地球に迷う
若桑みどり　クアトロ・ラガッツィ(上)(下)　天正少年使節と世界帝国
若竹七海　サンタクロースのせいにしよう
若竹七海　スクランブル
和久峻三　三つ首荘殺人事件　あんみつ検事の捜査ファイル
和久峻三　白骨夫人の遺言書　あんみつ検事の捜査ファイル
和久峻三　京都祇園《ぎおん》祭《まつり》　宵山《よいやま》の殺人　赤かぶ検事の名推理
和田秀樹　痛快！心理学　入門編　―なぜ僕らの心は壊れてしまうのか
和田秀樹　痛快！心理学　実践編　―どうしたら私たちはハッピーになれるのか
渡辺一枝　時計のない保育園
渡辺一枝　桜を恋う人
渡辺一枝　眺めのいい部屋

渡辺一枝　わたしのチベット紀行　智恵と慈悲に生きる人たち
渡辺淳一　白き狩人
渡辺淳一　野わけ
渡辺淳一　桐に赤い花が咲く
渡辺淳一　くれなゐ(上)(下)
渡辺淳一　冬の花火
渡辺淳一　女優(上)(下)
渡辺淳一　化身(上)(下)
渡辺淳一　遠き落日(上)(下)
渡辺淳一　公園通りの午後
渡辺淳一　わたしの女神たち
渡辺淳一　花《はな》埋《うず》み
渡辺淳一　新釈・からだ事典
渡辺淳一　シネマティク恋愛論
渡辺淳一　うたかた(上)(下)
渡辺淳一　夜に忍びこむもの

集英社文庫

彼女《かのじょ》の嫌《きら》いな彼女《かのじょ》

2008年10月25日　第1刷　　定価はカバーに表示してあります。

著　者　唯川《ゆいかわ》　恵《けい》

発行者　加藤　潤

発行所　株式会社　集英社

東京都千代田区一ツ橋2-5-10　〒101-8050

電話　03-3230-6095（編集）

03-3230-6393（販売）

03-3230-6080（読者係）

印　刷　図書印刷株式会社

製　本　図書印刷株式会社

フォーマットデザイン　アリヤマデザインストア　　マークデザイン　居山浩二

ISBN978-4-08-746357-6 C0193